rororo panther
herausgegeben von Jutta Lieck

Deutsch von Susanne Scholl

23.–30. Tausend November 1983

Veröffentlicht im Rowohlt Taschenbuch Verlag GmbH,
Reinbek bei Hamburg, April 1982

Umschlagentwurf Dieter Wiesmüller

Gesamtherstellung Clausen & Bosse, Leck
Printed in Germany
680-ISBN 3 499 14920 6

ALBERTO MANZI

EL LOCO

DER SPINNER

ROMAN AUS LATEINAMERIKA

rororo
ROWOHLT

Alberto Manzi wurde 1924 in Rom geboren. Er arbeitete in Italien als Lehrer. 1954 ging er nach Südamerika, kehrte dann nach einigen Jahren wieder in seine Heimat zurück. Mit Unterrichtssendungen im Fernsehen unterstützte er die Alphabetisierungskampagne in Südamerika. 1967 gründete er in Ekuador eine landwirtschaftliche Kooperative. Seine Erfahrungen dort hat er in diesem Roman verarbeitet. Seine Bücher wurden in 32 Sprachen übersetzt.

1

Der Mann war müde und sehr hungrig.

Tagelang war er über die kahle, nackte Hochebene gewandert, unter dem feinen Regen, der aber doch bis auf die Knochen ging; kein Haus hatte er während seiner Wanderung gesehen, keinem Baum war er begegnet. Als er San Sebastian sah, atmete er auf.

Das Städtchen – wenn man diese Ansammlung von sieben-, oder achthundert Hütten und ungefähr dreißig wirklichen Häusern überhaupt Stadt nennen konnte –, San Sebastian also, lag am Abhang, der von der Hochebene rund zehn Kilometer lang bis zum Paß abfiel. Die Straße aus gestampftem Erdreich kam mühsam vom Paß herauf und schlängelte sich um die Granitfelsen; den Fluß – er entstand aus dem Gletscher am Fuß der drei hohen Berge, die die Hochebene beherrschten –, überquerte die Straße auf einer steinernen Brücke; sie trat in die Stadt ein und endete ein paar Kilometer weiter oben in einem Platz vor einem großen Betonbau, auf dem rot die Inschrift „Erzbaukompanie“ leuchtete.

Der Mann ging schneller. Er kam auf den Platz, bevor die Kirchenglocken Mittag läuteten.

Er fragte nach dem Richter.

Man zeigte ihm ein großes zweistöckiges Haus, das Regierungsgebäude.

Der Richter empfing ihn murrend. Sobald der Mann sein Anliegen vorgebracht hatte, schickte er ihn zum Advokaten.

Der wohnte auf der gegenüberliegenden Seite des Platzes in einem kleinen, ebenfalls zweistöckigen Haus mit einem Laubengang und einem hübschen Innenhof.

Der Advokat hörte den Mann an, verlangte einen Vorschuß und sagte „Mañana – morgen!“

Drei Tage lang wiederholte er sein: Mañana – morgen. Der

Mann wartete. Er schlief in einem Stall, hatte Hunger und fror.

Am vierten Tag beschloß er, sich in der Kirche aufzuwärmen. Er hoffte, dort jemanden zu finden, der ihm etwas zu beißen oder wenigstens ein paar Blätter Coca gab.

Die Patres erklärten ihm, daß sie Fremden nicht helfen könnten. Es tue ihnen leid. Aber es gebe ja schließlich noch das Hotel. Sie seien selbst arm und müßten für die Armen ihrer Stadt sorgen. Die konnten sie schließlich nicht vernachlässigen für einen, den sie nicht kannten. Und wer sagte ihnen denn, ob er ein guter Christ war?

Als die Kirche geschlossen wurde, ging der Mann hinaus und lehnte sich an die Hauswand, um sich vor dem eisigen Wind zu schützen. Jetzt erst entdeckte er einen Mann, der auf einer alten, schmutzstarrenden Decke hockte. Neben ihm lagen ein paar Steinchen, und wenige Schritte von ihm entfernt stand eine Büchse. Eine verrostete, verbogene Konservenbüchse. Er betrachtete ihn genauer, um herauszufinden, was ein Mann mit einer Büchse und ein paar Steinchen anfangen konnte. Da sagte dieser plötzlich: „Willst du werfen?“

Der Mann starrte den Hockenden an.

„Willst du werfen?“ wiederholte der seine Frage.

Der Mann gab keine Antwort. Der hatte ja sicher getrunken. Vielleicht sollte er weggehen? Gerade als er sich dazu entschlossen hatte, nahm der Hockende einen Stein, hob die Hand und warf.

Klingklang!

Der Stein war in die Büchse gefallen.

Gar nicht so schlecht!

Der Hockende warf noch zweimal, und jedesmal fielen die Steine in die Büchse. Der verstand was davon!

„Willst du werfen?“ lud ihn der Steinewerfer wieder ein.

„Ich ...“

„Setz dich!“ Er rückte beiseite und machte ihm neben sich auf der Decke Platz.

Der Unbekannte setzte sich.

„Nimm, nimm nur", bot er ihm ein paar Steine an, „und wirf!"

Der Mann zögerte, nahm dann einen Stein und warf. Er hatte sich immer für einen guten Schützen gehalten, aber er verfehlte die Büchse um ein ganzes Stück.

„Versuch es noch einmal", tröstete ihn der Mann.

Der Unbekannte sah in das Gesicht des Hockenden. Was für Augen er hatte! Und warum trug er wohl eine rote Binde um den Kopf? Die Menschen sind doch komisch, dachte er. Er nahm einen Stein und warf.

Wieder daneben.

Er warf jetzt, ohne sich lange bitten zu lassen, noch einmal und noch einmal, bis …

Klingklang!

Er lachte laut auf.

„Siehst du? Ich hab's geschafft!"

„Gut! Werfen wir."

Eigenartig: jetzt traf der Mann mit der roten Binde nur ganz selten die Büchse.

Eine Weile spielten sie. Der Unbekannte fühlte sich weniger müde. Er stand auf.

„Danke, Freund", sagte er. Er fragte ihn nicht, ob er ein Indio war, denn das sah man sofort. Obwohl die Augen des Hockenden lebendig waren, so lebendig, daß sie fast unangenehm wirkten.

„Du willst gehen?" fragte der Mann mit der Binde.

„Ich suche einen Platz zum Schlafen. Ich muß noch in San Sebastian bleiben."

„Noch lange?"

„Das weiß ich nicht. Der Advokat weiß es."

„Du bist hungrig, nicht wahr?" Der Mann mit der roten Binde lächelte.

„Ja."

„Warst du schon bei Doña Ida?"

„Wer ist das?"
„Wo sie Kuchen verkaufen. Die Backstube."
„Nein."
„Doña Ida ist nett."
„Nein." Der Mann senkte den Kopf und murmelte: „Ich habe nur wenig Geld, und das brauche ich für den Heimweg. Wenn ich überhaupt Lust haben werde zurückzugehen", sagte er mehr zu sich selbst als zu dem anderen.
„Ein Freund von mir wohnt hier in der Nähe." Der Mann mit der Binde lachte, „ein Freund. Sie nennen ihn den Franzosen. Er ist freundlich, freundlich, weißt du? Geh zu ihm. Er wird dir etwas zu essen geben."
„Wo wohnt der Franzose?"
„Dort." Der Mann zeigte auf ein kleines, hübsches Haus am Ende derselben Straße, in der der Advokat wohnte.
Der Mann ging.
Er kam nach zehn Minuten zurück. Seine Augen vermieden sogar die Büchse des Mannes mit der roten Binde. Er schämte sich.
Er schämte sich seines Hungers, und er schämte sich, weil er nichts hatte und auch nichts bekommen hatte.
Der Mann mit der Binde kratzte mit der Hand den Boden. Dann lachte er, plötzlich, ohne Grund. Und noch immer lachend hob er einen Stein auf und warf. Klingklang!
„Nichts?" fragte er.
Der andere zeigte seine Hände. Leere Hände.
„Hast du alles gesagt?"
„Ich habe alles gesagt. Ich habe sogar gesagt, daß du mich schickst, du, der Mann mit der roten Binde. War das falsch?"
„Falsch? Aber nein, habe ich denn keine rote Binde?"
„Siehst du, und als ich es ihm sagte, begann der Franzose zu lachen. Er sagte, du würdest mir etwas geben."
„Ja?"
„Er hat gesagt, ich solle an meinen Nägeln kauen und deine Binde essen."

Der Mann begann zu lachen.

„Siehst du, der Franzose hat so viel zu essen, daß er sich schämt, etwas herzugeben. Deshalb hat er dir nichts gegeben. Er schämt sich. Man muß ihm diese Scham nehmen, findest du nicht auch? Geh noch einmal zu ihm. Sag ihm, daß sich der Mann mit der Binde geirrt hat. Weißt du, er folgt dem Gesetz. Sag ihm, daß der Advokat den Mann mit der Binde schickt. Sag ihm, daß der Advokat ein Schweinchen und ein paar Kuchen haben will. Es ist dringend. Sag ihm das. Und wenn du siehst, daß er sich noch immer schämt, dann wiederhole: Es ist für seine Exzellenz, den Advokaten, seine Exzellenz, der Advokat, will das."

Der Unbekannte ging.

Als er zurückkam, starrte er den Mann mit der Büchse an.

„Also? Hat er dir etwas gegeben?"

„Ja, ich habe gesagt, was du mir aufgetragen hast. Er hat mich angesehen, und ich habe wiederholt: Seine Exzellenz, der Anwalt. Hier: zwei Schweinchen und dieses Säckchen Kuchen."

„Iß!"

Der andere stürzte sich nicht sofort auf das gebratene Fleisch. Er nahm nur ein kleines Stück; ein Stück, so groß wie ein Fingernagel, und steckte es in den Mund. Er saugte daran, um den Geschmack ganz auszukosten.

„Iß!" lachte sein Gefährte und warf noch einen Stein in die Büchse.

Der Mann senkte den Kopf, und mit einem einzigen Biß riß er dem Schweinchen die halbe Schulter weg. Er aß, ohne den Blick vom Boden zu wenden – völlig abwesend.

Aber in seinem Kopf brodelte es.

Als ob sein Nachbar die Gedanken hören konnte, antwortete er auf sie mit einer Frage: „Darf der Bruder den Bruder um etwas bitten?"

„Sicher", antwortet der Mann kauend.

„Muß man sich schämen, wenn man den Bruder um etwas

bittet?"

„Nein."

„Dann iß in Ruhe, Bruder!"

Der Unbekannte bot ihm von dem zweiten Schweinchen an. Der Mann mit der Binde nahm ein Bein und wollte nicht mehr. Obwohl das Bein eines Meerschweinchens nicht größer ist als ein kleiner Finger.

„Ich esse immer!" Und er lachte mit vollem Mund.

Da nahm der andere den Rest des Bratens und verschlang ihn schnell. Erst als er den letzten Bissen hinuntergeschluckt hatte, erinnerte er sich an den Kuchen. Er öffnete das Säckchen und bot dem Gefährten zuerst an. Der nahm ein Stück heraus und begann zu essen. Der Kuchen war süß, schmeckte gut.

Ein Hund hatte sich ihnen genähert. Er sah sie an, ohne sich zu rühren. Nur das Maul bewegte sich ganz leicht, und ein kleiner Speichelfaden begann auf der einen Seite hinunterzurinnen.

Der Mann mit der Binde sah ihn. Mit der Hand lockte er ihn. Der Hund kam näher, noch immer voller Angst und Mißtrauen; dann schnappte er ganz schnell nach dem Kuchen und verschlang ihn. Niemand schlug ihn. Er wartete.

Fröhlich griff der Mann mit der Binde in den Sack und holte mehrere Kuchen heraus. Der Hund verschlang sie sofort.

Der Fremde sah den Mann mit der Binde an, als ob er eine Erklärung für so viel Verschwendung erwartete; und stopfte dabei seinen Mund mit Kuchen voll.

Der Mann lächelte, verstand den fragenden Blick, und während er den Hund zwischen den Ohren kraulte, murmelte er: „Er ist mein Bruder!"

Am nächsten Tag empfing der Advokat den Fremden.

„Dieser Mann hat zu viel Einfluß, mein Freund", erklärte er ihm liebenswürdig, „gib es auf. Ich werde mit ihm sprechen, und dann wird es keine Landverletzungen durch seine

Herden mehr geben, du wirst sehen. Aber du mußt vorsichtig sein. Auch seine Exzellenz, der Herr Richter, rät von einem Prozeß ab. Diesen Leuten gehört die halbe Provinz. Was könntest du da schon ausrichten? Geh, geh ruhig, Freund."

„Bitte, Exzellenz", der Mann hielt den Kopf gesenkt und drehte seinen Hut zwischen den Händen. Der unterdrückte Zorn erstickte ihn fast, am liebsten hätte er irgend etwas kaputtgeschlagen.

„Bitte, Exzellenz", wiederholte er, „wo kann ich einen Mann finden: einen Mann mit einer roten Binde um den Kopf?"

„Was hast du denn mit dem zu tun?"

„Ich möchte ... ich möchte mich bei ihm bedanken."

„Und wofür?" Der Advokat sah ihn belustigt an.

„Er hat mir zu essen gegeben, und ... er hat mir Gesellschaft geleistet."

„Weißt du, wer das ist?" Der Advokat konnte das Lachen nicht unterdrücken. „Das ist ... Das ist doch El loco, der Spinner!"

Trotzdem ging der Mann auf die Suche nach El loco.

Weil er jetzt wußte, daß der ein armer Verrückter war, hatte er nicht den Mut, sich ihm zu nähern. Er sagte nur: „Servus ... und danke!"

„Ich danke dir, Bruder", antwortete El loco lächelnd und warf dem Mann einen Stein zu, den dieser im Flug auffing, „behalte ihn! Er wird dir Gesellschaft leisten!"

Das stimmte. Der Stein leistete ihm Gesellschaft. Noch komischer war aber die Tatsache, daß er sich sorglos fühlte, wenn er an El loco dachte.

Er hatte Bruder zu ihm gesagt.

Eigenartig. Es war so, als ob er wirklich sein Bruder wäre. Auf diese Weise erschien ihm der Heimweg kürzer; manchmal ertappte er sich sogar beim Pfeifen und wunderte sich darüber. Und als er zu Hause angekommen war, machte er sich weniger Sorgen um die Weiden und um die Tiere.

Niemand wußte, wer El loco war, und niemand kannte seinen wirklichen Namen. Vielleicht nicht einmal er selbst; aber der Name ist nicht so wichtig und der Name eines „Schwachsinnigen" schon gar nicht.

Er war einfach El loco, der Dumme, und das genügte.

Um seinen Kopf trug er ständig eine rote Binde.

Die Leute lachten und sagten, damit halte er die Läuse warm.

Er hatte immer eine alte Decke, eine Büchse und eine Tasche voll Steine bei sich. Auf die Decke war er sehr stolz. Er zeigte sie allen, wollte sie jedem schenken, mit dem er sprach, und gab sie doch niemandem.

Doch, einen Namen hatte er! Viele nannten ihn „Büchse", weil er immer Steine in die Büchse warf. Alle fanden, daß er niemanden störte. Er war ein guter Verrückter.

Wenn er auf der Straße ging, sprach er oft mit sich selbst, lachte und verbeugte sich. Tiefe, feierliche Verbeugungen machte er, Verbeugungen vor dem Wind. (Die Leute sagten, er verbeuge sich vor den Geistern, seinen Freunden.) Wenn ihn jemand ansah, dann machte er einen Schritt vor und zwei zurück, eine Verbeugung, einen Schritt vor und zwei zurück, eine Verbeugung, und so fort, bis er hinter einer Hausecke verschwand.

Und lachte.

Und sprach.

Und lachte.

Und wenn irgend jemand sauer war oder murrte oder gerade Schwierigkeiten hatte, dann mußte er beim Anblick dieses Spektakels doch auf jeden Fall lächeln. Und dann verbeugte sich El loco, bis er mit der Nasenspitze den Boden berührte.

Deshalb ging man in San Sebastian, wenn man vor Wut richtig kochte, El loco „ansehen". Und Zorn, Schwierigkeiten und Nervosität verschwanden auf wunderbare Weise sofort.

Auch wenn man das Bedürfnis hatte, sein Herz auszuschütten, ging man zu El loco. Er verstand ja ohnehin nichts, also konnte man ihm alles erzählen. Und ... es war angenehm, jemandem alles zu erzählen, der einem nie Vorwürfe machen würde.

Zu El loco konnte man auch gehen, wenn man irgend etwas nötig hatte. Nicht, daß er etwas besessen hätte, aber er schickte die Leute immer an die richtige Adresse und sagte ihnen die richtigen Worte. Und nie kam einer mit leeren Händen zurück.

Fast alle waren sicher, daß El loco mit Geistern in Verbindung stand, denn er wußte immer, was geschehen würde. Und was er träumte, diente als Warnung.

Mit einem Wort: er war von wer weiß wo gekommen, war geblieben und, obwohl er zu nichts Besonderem gut war, war er doch aufgenommen worden.

Nur eine einzige Frau kannte das Geheimnis seiner Binde. Sie war die einzige, die El loco gekannt hatte, bevor er nach San Sebastian gekommen war: Doña Ida.

Doña Ida war als junge Frau in das Städtchen gekommen, wenige Tage nach ihrer Hochzeit. Sie kam aus einer Stadt im Tal. Und sie hatte auch das Meer gesehen. Ihr Mann wollte reich werden. Er hatte ein Lebensmittelgeschäft aufgemacht und eine Backstube; dort buk er das Brot für den Richter, den Advokaten, den Polizeileutnant, den Apotheker, den Arzt, die Lehrer der Schule, für die beiden Priester und die beiden Großgrundbesitzer der Hochebene und für die Weißen der Erzbaukompanie, die nur selten nach San Sebastian kamen.

Dann war der Mann gestorben und auch der Sohn, den sie geboren hatte. Doña Ida war allein geblieben und hatte Geschäft und Backstube weitergeführt, ohne viel zu verdienen. Denn jedes Kind in San Sebastian wußte, wo es ein Stück Kuchen bekommen konnte, obwohl die Frau unfreundlich und streitsüchtig war und ziemlich unangenehm schien.

Doña Ida hatte El loco vor vielleicht vier oder fünf Jahren getroffen, aber damals wußte sie noch nicht, daß er ein

Spinner war. Damals war er eine verzweifelte Kreatur gewesen, mit einer großen, noch nicht ganz verheilten Narbe rund um den Kopf. Ein Mann, der sich zwischen den Felsen versteckte, schrie und stöhnte; oder sich zitternd zusammenrollte.

Auf ihrem Brotwagen hatte sie ihn in ihr Haus gebracht. Einige Wochen hielt sie ihn bei sich versteckt, damit die Leute nichts zu reden hatten. Als sie sah, daß es ihm besser ging und daß seine Anfälle nicht nur schwächer, sondern auch seltener wurden, fragte sie ihn, ob er in der Backstube arbeiten wollte.

Der Mann antwortete, sie solle ihm das Seil vom Kopf nehmen, seine Hand berührte immer wieder die Narbe, versuchte, sie aufzureißen; er schüttelte seinen Kopf, und dann rannte er plötzlich gegen die Hauswand und versuchte, sich den Kopf einzuschlagen. Doña Ida band ihm eine rote Binde um den Kopf. Sobald der Mann die Binde fühlte, verschwanden die Anfälle ganz; er wurde sorglos und ruhig. Aber Doña Ida bot ihm nicht mehr an, bei ihr zu arbeiten. Sie hatte begriffen, daß der Mann verrückt war. Ein harmloser Verrückter, aber ein Verrückter.

Dann, eines Tages, nahm El loco die Decke, die die Frau ihm gegeben hatte, und ging davon. Er kam nicht mehr in das Haus zurück. Es war so, als ob er Doña Ida völlig vergessen hätte. Er strich durch das Städtchen, hockte vor der Kirche und begann, Steinchen in die Büchse zu werfen.

Zu Weihnachten klopfte er an Doña Idas Tür. Sie war allein. El loco setzte sich an den Tisch und unterhielt sie so gut, wie das seit Jahren niemand mehr getan hatte. Von da an kam er jedes Jahr zu Weihnachten zu Doña Ida. Nur zu Weihnachten. An allen anderen Tagen des Jahres ging er an ihrem Geschäft vorbei, lächelte und ging weiter.

Doña Ida sprach nie mit jemandem über ihre erste Begegnung mit dem Verrückten. Das war ihr Geheimnis.

Als El loco im Städtchen auftauchte, erstaunte er alle mit der Tatsache, daß er lesen konnte.

Man war zufällig dahintergekommen.

Rafael El nino, Rafael der Kleine, war zu El loco gekommen, um ihn zu foppen, wie das alle Buben in der Stadt gern taten. Der Verrückte spielte mit, und seine Possen brachten die Kinder in den wenigen Momenten, in denen sie nicht arbeiten mußten, zum Lachen. Wenn sie mit El loco lachen konnten, vergaßen sie für einen Augenblick, wie hart ihr Leben war.

„Loco“, schrie Rafael, ohne allzu nahe heranzukommen, denn ein kleines bißchen Angst hatte er doch vor ihm, „Loco, gibst du mir die Decke?“

„Die Decke?“ sagte El loco, sich selbst nachäffend, „das ist eine schöne Decke, eine warme Decke. Willst du probieren, wie warm sie ist? Sie ist schön. Findest du sie nicht schön?“

„Gibst du sie mir?“

„Glaubst du, daß sie schön ist?“

„Sie ist ein Fetzen, du Dummkopf!“

„Ein Fetzen, ja ... Wenn du aber glaubst, daß sie schön ist, dann ist sie auch schön, nicht wahr? Willst du die Decke haben?“

El loco stand auf, raffte die Decke zusammen und hielt sie dem Knaben hin.

Rafael machte einen Schritt zurück. El loco war, ganz anders als die übrigen Indios, groß, sehr groß. Er war sogar größer als die Weißen. Und er war stark. Das sah man an seinen Armen.

„Jetzt willst du die Decke nicht mehr?“ fragte El loco. „Willst du spielen?“

„Loco, das habe ich gefunden. Weißt du, was das ist?“ Und der Knabe zeigte ihm ein Buch. Ein altes Buch, das irgend jemand auf den Müll geworfen hatte. „Willst du es essen?“ Der Knabe begann zu lachen.

„Gib her, ich esse es sofort.“

Rafael warf das Buch El loco vor die Füße. Der Mann hob es auf und säuberte es vorsichtig; dann breitete er die Decke aus, hockte sich nieder und begann zu lesen.

„He, Dummkopf! Willst du es nicht essen?" schrie der Knabe.

Ein Mädchen – etwa elf oder zwölf Jahre alt – war stehengeblieben, um sie zu beobachten. Sie hielt den Kopf gesenkt, ihr Blick war scheinbar abwesend.

„Ich esse es ja gerade", antwortete El loco.

„Kaust du es denn nicht?"

„Weißt du: man schaut es nur an, und dabei ißt man innerlich!"

„Du bist wirklich verrückt!"

Der Mann lächelte. Er betrachtete das Buch, blätterte dann eine Seite um und zeigte ihnen ein Bild.

„Schau doch: da ist die Sonne! Komm es anschauen!"

Rafael kam näher, jederzeit bereit davonzulaufen, falls es notwendig sein sollte.

Auch das Mädchen kam näher.

„Schau", sagte El loco, „da ist die Sonne, das Blatt, die Fliege. Alles ist schön ..."

„Auch die Fliege, Loco?" fragte Rafael.

„Die Fliegen?" Er legte das Buch auf seine Beine und sah den Knaben an. „Hast du die Fliegen je angeschaut? Wirklich angeschaut? Sie haben einen zarten, blauen Mantel ..."

„Sie stinken!"

„Stinken? Ja, natürlich, du hast recht: sie stinken! Aber könntest du dich am Blumenduft freuen, wenn es keinen Gestank gäbe?"

„Ich verstehe dich nicht, Loco." Der Knabe wußte nicht mehr, was er sagen sollte. Er war gekommen, um den Mann zu foppen, und jetzt ... „Du bist ... du bist ja verdreht ... aber ..."

Da sagte das Mädchen. „Kannst du die Geschichte lesen, Loco?"

Rafael sah sie an.

„Glaubst du denn, daß dieser Dummkopf lesen kann? Er ist doch kein Weißer!"

„Früher waren Sonne und Mond gute Freunde. Eines Tages sagte die Sonne ..."

Er las gut. Und seine Stimme klang angenehm und überzeugend.

Als El loco das ganze Geschichtenbuch vorgelesen hatte, hockten zehn Kinder um ihn.

„Ist es zu Ende?" fragte Rafael.

„Es ist aus. Wir haben es gemeinsam aufgegessen", lachte El loco.

„Ich will auch essen. Aber immer", murmelte das Mädchen.

„Es gibt einen Ort, wo man zu essen bekommt", erklärte El loco.

„Ich kann nicht in die Schule gehen. Ich muß arbeiten."

„Dann kannst du hier essen, wann immer du willst."

„Was steht hier?" Und mit seinem schmutzigen Finger zeigte das Mädchen auf ein Wort.

„Leben ... Le-ben", buchstabierte er, „ein schönes Wort. Gefällt es dir?"

„Leben", murmelte das Mädchen, „Leben ... Was ist das, Loco?"

„Du. Du bist Leben."

„Ach hör doch auf!"

„Du bist Leben. Auch ich bin Leben. Auch die Fliege ist Leben. Auch die Pflanzen. Du, Leben", und er begann zu lachen.

Von diesem Tag an nannte El loco das Mädchen Leben.

Von diesem Tag an kam Leben drei Jahre lang jeden Tag und setzte sich neben El loco. Und sie entdeckte, daß er ein wunderbarer Lehrer war.

Eines Tages sagte sie zu ihm: „Weißt du, ich will dich Yajen nennen. Ya-jen, verstehst du?"

„Ja. Yajen. Warum?"

„Weil du wie die Pflanze bist, die Yajen heißt. Aufregend. Und noch etwas."

„Sag es nur."

„Ich will auch verrückt sein."

„Leben will so verrückt sein wie Yajen?" – El loco lächelte. „Alle sind verrückt! Merkst du es nicht!"

„Aber ich will so verrückt sein wie du!"

„Warum so wie ich?"

„Ich will wissen, was ich tun muß, um so zu werden wie du!"

Für einen Augenblick wurde das Gesicht El locos ernst. Dann lächelte er und begann Steinchen in die Büchse zu werfen.

„Hör auf!" rief Leben. „Wenn du willst, kannst du sehr gut sprechen. Und dann beginnst du wieder mit der Büchse! Hör auf! Ich hab dich gern..."

„Ja, warum sollte ich denn dann aufhören?" Er warf noch einen Stein und lachte.

So hatten alle entdeckt, daß El loco nicht einfach nur lesen konnte; sondern daß er es gut konnte; so gut, daß jeder, der ihm zuhörte, alles verstehen konnte. Und er konnte auch schreiben. Und wenn jemand eine Nachricht schicken mußte, dann ging er zu ihm. Er schrieb, ohne Geld dafür zu verlangen, er war eben richtig verrückt.

All das trug dazu bei, das Geheimnis um El loco noch zu vergrößern. Und man glaubte immer fester daran, daß El loco mit überirdischen Wesen Verbindung hatte.

Die armen Leute hatten ihn einfach aufgenommen, mit viel Zuneigung. Denn er gab ihnen etwas, was allen fehlte. Während sie sonst immer den Kopf senken und zu allem ja sagen mußten, konnten sie sich bei ihm wichtig fühlen, konnten entscheiden, diskutieren, befehlen. Sie hatten ihn gern, wie man ein verwöhntes Kind gern hat. Obwohl eigentlich niemandem bewußt war, daß er El loco gern hatte.

2

Die Feste bestimmten den Lebensrhythmus von San Sebastian. Das galt sowohl für die Weißen und die Grundbesitzer wie auch für die Indios; für alle Indios: die Peones, die bei den Grundbesitzern arbeiteten, als richtige Sklaven auf den Feldern, aber auch für die Comuneros, die freien Bauern, die zur Comunidad gehörten. Und es galt für die Bergarbeiter.

Für die Weißen war ein Fest willkommener Anlaß, ein Festessen zu geben, zu tanzen und zu schwatzen. Für die Indios war es die Gelegenheit, ihr graues, bedrückendes Leben für einen Augenblick zu vergessen; dieses harte, schwere Leben, in dem man nur ans Überleben denken konnte.

Daher kamen an diesem Morgen, als bei Tagesanbruch unerwartet die Trommel des Ausrufers in den Straßen des Städtchens erklang, alle aus ihren Häusern, um besser hören zu können.

„An die Bewohner von San Sebastian", schrie der Ausrufer. Dann setzte er die Trommelstöcke ab und las mit nasaler Stimme:

„Seine Exzellenz, der Herr Richter, hat im Einvernehmen mit den Behörden beschlossen, den kommenden Donnerstag, ich wiederhole: den kommenden Donnerstag, zum Feiertag für die ganze Stadt zu erklären. Der kommende Donnerstag wird zum Tag der allgemeinen Brüderlichkeit erklärt. Am Vormittag ist Markt."

Ein Trommelschlag und weiter, zur nächsten Ecke.

Was war die allgemeine Brüderlichkeit? Ein Fest, ein wichtiges Fest, wenn der Richter den Ausrufer schon bei Tagesanbruch losgeschickt hatte!

Am selben Abend kamen ganze 16 Comuneros zum Alkalden, dem Bürgermeister, um sich zum Alferez, zum Organisator des Festes ernennen zu lassen. Sie alle waren bereit, eine große Summe Geldes zu bezahlen, damit ihnen dieses Amt überlassen würde.

„Auch du?“ fragte der Alkalde Eduardo, einen Comunero, von dem alle wußten, daß er arm war.

„Ja, ja, weißt du, Alkalde, wenigstens einmal ...“

„Und wie wirst du dir das Geld besorgen?“

„Ich werde es schon auftreiben, ganz sicher! Ich habe Freunde, du wirst sehen ...“

Der Alkalde wußte genau, daß Eduardo das Geld auftreiben würde, und wenn er seine Seele dem Teufel verkaufte. Und er würde ein Fest organisieren, von dem man noch nach Jahren sprechen würde. Es war wichtig, sehr wichtig sogar, wenigstens einen Tag im ganzen Leben „jemand“ zu sein. Jemand, mit dem alle ein Glas Chicha trinken würden. Man würde ihm auf die Schultern klopfen, man würde auf ihn warten ...

„Einverstanden, Eduardo, ich werde mit dem Richter sprechen, und ich bin sicher, daß du der größte Alferez sein wirst, den es je gegeben hat.“

Eduardo verließ das Haus des Alkalden voller Hoffnung.

Ein anderer Mann ging zum Richter. Er wollte „Pate“ des Festes sein. Auch für ihn bedeutete es viel, „jemand“ zu sein, zu zeigen, daß er zu großen Taten fähig war. Dieser Tag sollte der Beginn eines neuen Lebens für ihn sein. Er würde den Glanz dieses einen Tages ausnützen, bis er einen neuen Erfolg haben würde, durch den er in der gesellschaftlichen Rangordnung eine Stufe höher klettern konnte.

Alle nannten ihn den „Franzosen“, aber er selbst sagte, daß er Jorje Domingo Stellato y Niet heiße. Auf seiner Visitenkarte stand: Don Jorje Domingo Stellato y Niet, Hilfsadvokat.

Der Franzose war der Sohn einer Indio-Frau und eines Bergwerkangestellten, aber darüber sprach er nicht. Er hatte früher in einer Stadt gelebt, in einer wirklichen Stadt, wie er immer sagte. Er war im Seminar der Salesianer gewesen, um

Priester zu werden. Eines Tages war er dann zurückgekommen, ohne Priester oder Advokat geworden zu sein. Er war auch Führer bei einer Expedition der Französischen Archäologischen Gesellschaft gewesen. Von dieser Expedition hatte er die Gewohnheit mitgebracht, in jeden Satz ein paar französische Wörter einzuflechten. Lateinische und französische Wörter. Das Latein hatte die Leute wenig beeindruckt, das Französisch dagegen sehr stark. Deshalb war er der „Franzose" geworden.

„Oui, oui, mssié, bonschur madam...", eine Verbeugung und ein Handkuß.

In San Sebastian fiel er auch deshalb auf, weil er der einzige Fettwanst weit und breit war. (Eitle und Dumme gab es viele, das war also nichts Besonderes!) Er trug ständig eine Sonnenbrille, eine ganz schwarze Sonnenbrille. Und er trug sie auch dann, wenn es so dunkel war, daß man gar nichts mehr sehen konnte. Er trug sie, obwohl sie nur einen Bügel hatte. Der andere war einmal abgebrochen, und er konnte keinen Ersatz finden. Aber er dachte, daß er mit der Brille vornehmer aussehe, und das gab ihm eine solche Sicherheit, daß er sich durchsetzte. Obwohl er gar kein Advokat war, wandten sich deshalb viele an ihn, wenn sie mit den Behörden zu tun hatten, oder in eine andere Stadt fahren mußten. Er verlangte auch weniger Geld als der Advokat.

Der Franzose bat den Richter, „Pate" des Festes sein zu dürfen. „Diesmal nicht, mein Freund", antwortete der Richter in seiner gewohnt überheblichen und gleichgültigen Art, die er Untergebenen gegenüber hatte. „Vielleicht zu Corpus Domini!"

„Aber, Exzellenz", beharrte der Franzose, „es ist doch ein so wichtiges Fest. Es ist doch das Fest der allgemeinen Brüderlichkeit, und in mir kann man die Vereinigung der Rassen sehen. Ich könnte ein lebendes Symbol für das Fest werden."

„Dieses Fest ist meine Erfindung, daher wärest du gar nichts. Und Pate kannst du aus Gründen der Staatsraison nicht sein."

Der Franzose verbeugte sich. Ja, wenn es um die Staatsraison ging ...

„Lieber Freund ...", sprach der Richter, jetzt lächelnd, weiter, „du wirst noch Gelegenheiten bekommen. Und jetzt gehen Sie, Herr Advokat, gehen Sie."

Daß der Richter ihn Advokat genannt hatte, erfüllte den Franzosen mit Stolz, und er verbeugte sich ehrerbietig. „Euer Ehren, Exzellenz! Ich vertraue immer Ihrer Güte. Zählen Sie nur immer auf mich, Exzellenz. Stets zu Ihren Diensten! Arrevuar, mssié, arrevuar!"

Er verbeugte sich noch tiefer und ging.

Aber innerlich hatte er große Lust, diesem Flegel von einem Richter ins Gesicht zu spucken. Der hielt sich ja für wer weiß wen, nur weil er der Richter war. Der Richter von San Sebastian! Pfui Teufel, der war sicher der allerletzte in der Liste gewesen, der dümmste von allen staatlichen Richtern. Und nicht einmal ein Wort Französisch konnte er, dieser ... dieser ...

Noch jemand anderer ging anläßlich des Festes zum Alkalden.

„Du auch, Carlos?" fragte er, während er ihn in sein Büro bat.

„Ich? Du weißt schon?"

„Willst du denn nicht auch Alferez werden?" Der Alkalde war erstaunt.

„Aber nein! Die Heilige Jungfrau möge mich beschützen, ich habe ganz andere Dinge im Kopf."

„Was willst du denn?"

„Ich bin um die Erlaubnis zu heiraten gekommen!"

„Carlos, du bist über dreißig Jahre alt und mußt die Comunidad nicht mehr um Erlaubnis bitten."

„Hör mir zu, Alkalde: Ich möchte heiraten. Alles ist vorbereitet. Ich habe Geld gespart. Mit Pater Juan habe ich schon gesprochen. Ich besitze ein kleines Haus und das Land, das mir die Comunidad zugewiesen hat, und das Geld für die Kirche habe ich auch. Du weißt doch, daß ich immer alles bezahle."

„Das weiß ich, aber was willst du von mir?"

„Du sollst mit der Braut sprechen."

„Hast du denn noch nicht mit ihren Eltern gesprochen?"

„Doch, ich habe mit ihnen gesprochen, aber das Mädchen gehorcht ihnen nicht."

„Sag mir nicht, daß du Leben heiraten willst!"

„Doch, sie möchte ich heiraten. Und ohne Probezeit. Ich habe alles und kann sie glücklich machen und ..."

„Aber kannst du denn kein anderes Mädchen finden?"

„Ich will Leben heiraten! Ich sterbe für sie, verstehst du?"

„Aber Leben... die steckt so oft mit El loco zusammen, daß sie selbst auch ein bißchen verrückt geworden ist."

„Sie ist schon fünfzehn Jahre alt. Es ist höchste Zeit für sie."

„Sag mir, was ich deiner Meinung nach tun soll."

„Wiederhole die Zeremonie. Vor den Ältesten und der ganzen Comunidad wird sie nicht nein sagen. Und am selben Tag werden wir die offizielle Verlobung feiern. Willst du mir die Ehre geben, mein Zeuge zu sein, Alkalde?"

„Sehr gerne wäre ich dein Zeuge, Carlos, aber..."

Er sah das traurige Gesicht des Mannes und fügte hinzu: „In Ordnung. Ich werde tun, was du sagst. Du wirst sehen, daß alles gutgeht. Bis zum Fest, Carlos!"

Und der Feiertag kam.

In ganz San Sebastian war die Trommel zu hören, die den Markt ankündigte und den Feiertag. Als ob irgend jemand es hätte vergessen können!

Der Markt war voll von Händlern. Vor allem Frauen hockten neben ihren Waren, die sie auf Strohmatten ausgebreitet hatten. Die Frauen kauten Cocablätter und drehten dabei rasch die Spindel. Ihre Hände und Lippen bewegten sich. Der Rest des Körpers blieb unbewegt, völlig unbewegt. Sie schienen am Verkauf gar nicht interessiert zu sein. So, als ob sie zum Markt gekommen wären, um irgend jemandem einen Gefallen zu tun.

Die meisten Käufer waren Männer. Sie begutachteten die Ware, fragten nach dem Preis, grinsten und nahmen nichts. Sie entfernten sich ein paar Schritte und warteten darauf, zurückgerufen zu werden; dann kehrten sie um. Sie fragten noch einmal, wogen die Ware in der Hand, sahen sie noch einmal genau an, und wenn alles in Ordnung war, feilschten sie um den Preis. Und am Ende kauften sie. Die Frauen beobachteten still und ohne sich zu rühren alles aus dem Augenwinkel. Obwohl sie den Männern in diesem Moment, da es nur Käufer und Verkäufer gab, gleichgestellt waren, behielten sie ihre demütige Unterwerfung den Männern gegenüber bei.

Leben schlenderte neugierig über den Markt.

Sie war anders. Sie war neugierig. Ein Mädchen, das sich in alles einmischte und das gerne viel sprach. Sie hatte ihre Hände, ihre Augen und auch ihre Zunge überall. Wehe dem, der sie reizte. Sie war wie ein Strom von Worten, wie ein Strudel, der den mitriß, der es wagte, sie zu reizen. Das Gegenteil der üblichen Art der Indios. Die sprachen gewohnheitsmäßig nur das Allernotwendigste, und mit solcher Kürze, daß man den Widerwillen vor jedem Satz heraushören konnte. Die Leute sagten, sie sei so geworden, weil sie immer mit El loco zusammensteckte. Sogar lesen und schreiben hatte sie gelernt. Richtig schreiben konnte sie, wie der Franzose, nicht nur einfach ihren Namen!

Leben blieb stehen, grüßte. Und lachte.

Sie war auch darin anders. Sie konnte lachen. Es sah so aus, als ob sie sich gar keine Gedanken machte über ihre tägliche Not. Sie arbeitete, arbeitete sogar schwer, aber sie war fröhlich.

Sie scherzte mit einigen Freundinnen. Die Mädchen waren in ihrem Alter, aber sie sahen aus wie alte Frauen. Sie fragte nach den Kindern. Die Mädchen zeigten ihr die jüngsten, die sie auf dem Rücken trugen. Die älteren hockten auf dem

Boden und beobachteten die Leute, die sich für die Prozession vorbereiteten. Obwohl die Mädchen so alt waren wie Leben, waren sie schon seit zwei oder drei Jahren verheiratet. Verheiratet mit Männern, die sie gewählt und „ausprobiert“ hatten, um zu sehen, ob sie ihnen bei der Arbeit auch wirklich helfen konnten. Es waren alte Frauen. Nach der Kindheit kam gleich das Alter. Ohne Jugend. Bräute mit elf oder zwölf Jahren. Von dem Moment an trugen sie: zuerst im Bauch und dann auf dem Rücken, ein-, zwei-, drei- oder viermal. Nur wenige Frauen waren wirklich alt. In ganz San Sebastian gab es nur zwölf Frauen, die älter als vierzig Jahre geworden waren. Und man betrachtete sie als große Ausnahmen.

Leben hatte nicht geheiratet. Sie wollte nicht heiraten. Und viele junge Männer wollten auch sie nicht heiraten, weil sie Angst vor ihr hatten. El loco hatte sie verändert. Und die Männer hatten Angst vor dieser Veränderung, Angst vor Zauberei. Leben war eine Hexe. Ganz sicher. Denn man verändert sich doch nicht so einfach auf diese Art. Als die Glocken zur Messe läuteten, leerte sich der Markt. In der Kirche war es jetzt lauter als noch vor wenigen Minuten auf dem Platz. Zuerst betraten die Honoratioren der Stadt die Kirche: die Dons, der Richter, der Arzt, der Apotheker, der Hauptmann der Garnison mit den beiden Oberleutnants, der Polizeileutnant und die Lehrer. Dann kamen die Familien der Weißen, die entweder für die Erzbaukompanie arbeiteten oder Geschäfte hatten. Dann erschien der Alkalde, und schließlich kamen die Indios.

Pater Ramon klimperte auf der Orgel, und das rührte alle. Es war also ein wirkliches, ein großes Fest, wenn sogar die Orgel gespielt wurde.

Und die feierliche Messe begann.

Draußen war nur ein einziges Geräusch zu hören: das Klingklang der Steinchen, die in die Büchse fielen.

Die Bergarbeiter kamen gleich nach der Messe in die Stadt. Ihre Schicht war erst vor kurzem zu Ende gegangen. Sie stiegen vom Lastwagen und gingen, um ihre Vorbereitungen zu treffen.

Die Bergarbeiter wohnten alle in der Nähe des Flusses, gleich bei den Gruben. Die Häuser hatte die Erzbaukompanie gebaut. Jedes hatte zwei Zimmer, eine Küche und ein Badezimmer. Ein Luxus für diese Indios! Aber die Luft dort ließ einen frösteln. Die Atmosphäre war unheimlich, alles wirkte verlassen. Eine Landschaft ohne jede Vegetation. Die giftigen Dämpfe aus den Kaminen der Gießerei hatten sogar das Gras aufgefressen. Um die Häuser war eine dunkle Mauer; sie bestand aus dem tauben Gestein, das man dort angehäuft hatte.

Die Männer stiegen aus dem Bergwerkslastwagen und sahen wie Soldaten aus: alle in Lederjacken, Arbeitsanzügen und Helmen. Alle gleich. Auch die Gesichter waren gleich: ausgehöhlt, schwarz, ausdruckslos. Sie gingen sich vorbereiten, während die Honoratioren sich zu einem Imbiß versammelten.

Die Flöten und die Churangos kündigten den Beginn des Tanzes an. Und wenige Minuten später begannen die Bergarbeiter die Diablata, den Tanz der Dämonen. Die Dämonen sprangen mit einem Satz in die Mitte des Platzes; unter ihren furchteinflößenden Masken hallten die Schreie. Die Masken hatten drohende Hauer, vorstehende Augen, Zähne, die wie Sägen aussahen, teuflische Hörner, grinsende und aufgerissene Mäuler ... Einige der Dämonen hatten an den Knöcheln Kuhglocken befestigt, die während des Tanzes hämmernde Rhythmen schlugen. Die Musik wurde schneller, dann rasend, und plötzlich tauchte schreiend und blökend Luzifer, der Anführer der Dämonen, aus einer weißen Wolke auf in seiner ganzen teuflischen Gestalt.

Die Teufel tanzten um ihren Anführer, bis sie sich erschöpft zu seinen Füßen lagerten. Die Musik wurde schmeichlerisch, voll erotischer Geheimnisse, und unter einem Tuch hervor, das in einer Ecke des Platzes ausgebreitet worden war, trat China Supay in den Kreis, die Frau schlechthin. Ihre Brust war nackt, ihre Bewegungen fließend: das Weiblich-Fleischliche in Person.

Die Dämonen hoben langsam die Köpfe und sprangen beim Anblick China Supays mit einem Freudenschrei auf. Luzifer packte China und tanzte mit ihr. Die Teufel bildeten einen Kreis um das Paar. Aber dann erschienen die Engel, angekündigt durch einen Posaunenstoß. Ihre Kleider waren schneeweiß, ihre Schwerter glänzten, die Schilde schienen aus Gold, und die Helme ähnelten denen von alten Kriegern.

Die Engel waren bereit, gegen das Böse zu kämpfen. Sie warteten auf den Befehl. Der Erzengel Michael, das flammende Schwert in der Hand, schritt auf Luzifer zu.

Es begann der Kampf zwischen dem Guten und dem Bösen, zwischen den Engeln und den Dämonen, begleitet von der Musik der Flöten. Dieser Kampf ist sehr schwer, denn jeder Engel muß sieben Dämonen töten. Jeder Dämon stellt eine Todsünde dar und muß seiner Rolle entsprechend sterben. Die Trägheit, zum Beispiel, stirbt gähnend, langsam, ruhig und ohne Eile, wenn der Engel sie getroffen hat. Der Zorn brüllt, flucht, schreit und spuckt ganze Ströme von teuflischen Verwünschungen aus, und die Völlerei leert noch gierig eine Flasche Bier, bevor sie fällt. Neid und Stolz ahmen die Bewegungen Luzifers nach, sie blasen sich auf und platzen. Der Geiz stirbt vor Hunger, drückt ein Geldstück an seine Brust und weist eine Kartoffel zurück, die man ihm bietet. Und die Wollust zwinkert jedem Mann und jeder Frau zu.

Wenn alle Dämonen besiegt sind, geht der Erzengel Michael – in einem wunderschönen getanzten Kampf – auf Luzifer los. Bald fällt auch der Anführer der Dämonen, versucht, wieder aufzustehen, wird noch einmal getroffen und stirbt schließlich. Doch jetzt muß der Erzengel gegen China Supay kämpfen. Er versucht, sie mit seinem Tanz zu betäuben. Er versucht, sie umzuwerfen, indem er auf ihre Schultern springt; indem er zwischen ihre Beine kriecht; indem er plötzlich nach links und rechts springt. Aber China Supay widersetzt sich. Sie lächelt sinnlich, zeigt dem Erzengel ihre vollen Brüste, und der wendet den Blick ab; sie biegt sich, windet sich; reibt sich an ihm, streichelt ihn, küßt ihn. Alle ihre Künste wendet sie an, um den Engel ihren Wünschen untertan zu machen.

Der heilige Michael hält ihr stand. Er kämpft, versucht, sie mit seinem Schwert zu treffen, dann gibt er auf. Er ist besiegt. China Supay, Herrscherin über das Schlachtfeld, tanzt um ihn, und ihre erotischen Bewegungen nehmen den Zuschauern den Atem.

Die Menge schaut. Sie möchte applaudieren.

Aber für China Supay kann es keinen Applaus geben; obwohl sie himmlisch tanzt; obwohl sie eine Welt heraufbeschwört, die der Welt der Zuschauer entgegengesetzt ist. Eine Welt, die sie sich nie vorgestellt haben; eine Welt, von der sie nur in den sonntäglichen Predigten Pater Ramons gegen Sünde und Versuchung erfahren haben.

China Supay bleibt Siegerin. Selbst der Erzengel Michael vermag nichts gegen sie.

Da tritt aus der Kirche Unsere Frau, die Heilige Jungfrau. Sie trägt einen Helm, wie ihn die Bergarbeiter haben, deren Schutzpatronin sie ist. Unsere Frau hat es nicht notwendig zu tanzen. Sie schreitet auf China Supay zu, die sich krümmt und die versucht, die Aufmerksamkeit der Heiligen Jungfrau durch unzüchtige Bewegungen zu fesseln. Die Heilige Jungfrau kommt näher. Mit einer Hand berührt sie die Maske der perversen Weiblichkeit, und wie vom Blitz getroffen, stürzt China Supay zu Boden.

Nur die Heilige Jungfrau kann China Supay töten.

Langer, starker Applaus.

Das Gute hat über das Böse gesiegt.

Man kann sorglos leben.

Die Heilige Jungfrau kehrte in die Kirche zurück. Die Bergarbeiter nahmen die teuflischen Masken ab oder zogen die weißen Kleider der Engel aus.

Der Alkalde blies in den Pututo, und alle Indios versammelten sich vor der Kirche. Auch die Bergarbeiter kamen und die Peones, die von ihren Gutsherren zum Fest gebracht worden waren.

„Die Comunidad nützt dieses Fest für die ... Erklärungen."

Der Alkalde war stolz, dieses Wort gefunden zu haben. Alle nickten. Die Verlobungserklärungen standen immer am Beginn jedes neuen Festes.

Wie immer versammelten sich auch heute alle Mädchen, die älter als elf Jahre waren, rechts vom Alkalden. Die jungen Männer, die heiraten wollten, stellten sich links von ihm auf. Hinter dem Alkalden standen die Ältesten, mit Rafael, dem Abuelo, der von allen die meisten Jahre auf dem Buckel hatte, an der Spitze.

Der gutturale Klang des Pututo ertönte, und die Flöten begannen eine Melodie zu spielen, die so alt war wie die Zeremonie selbst. Jeder der Männer trat vor das Mädchen, das er gewählt hatte, verbeugte sich und ergriff ihre Hand.

Über die Gesichter der Mädchen huschte ein schelmisches Lächeln, das sie sofort unterdrückten; sofort erschien auf ihren Gesichtern wieder jener Ausdruck, der die Indios so weit entfernt von allem erscheinen läßt, was sie umgibt. Die Mädchen, die niemand gewählt hatte, standen unbeweglich. Nichts an ihnen zeigte Enttäuschung oder Freude.

Carlos trat auf Leben zu. Carlos war ein „Alter": er hatte schon zweimal geheiratet, aber beide Frauen waren bei der Geburt ihrer Söhne gestorben. Er war ein ernster Mann und ein guter Arbeiter. Viele Mädchen hätten ihn gerne geheiratet.

Viele Mädchen, aber nicht Leben.

Sie sagte nichts, aber sie zog ihre Hand zurück.

Carlos versuchte es noch einmal, und wieder zog Leben ihre Hand zurück.

So etwas war noch nie geschehen. Es war unmöglich.

Niemand sprach. Aller Augen waren auf die beiden gerichtet. Das Gefühl, daß das Unmögliche doch geschah, war zu heftig.

Der Alkalde rührte sich. Er trat auf Leben zu, nahm ihre Hand und streckte sie Carlos entgegen. Das Gesetz der Väter mußte befolgt werden.

„Nein“, sagte Leben und zog die Hand zurück. „Ich lasse mich nicht wählen. Ich will selbst wählen.“

Alle hielten den Atem an.

Gleich würde sich die Erde auftun und die Gotteslästerin verschlucken. Oder der Zorn von Pachamama, der heiligen Maria Pachamama, würde ganz San Sebastian zerstören.

„Antonietta!“ Zum erstenmal nannte der Alkalde sie vor allen mit ihrem richtigen Namen. „Antonietta, überlege, was du tust. Das ist ein Aufstand.“

„Es ist kein Aufstand, Alkalde. Ich will nur nicht gewählt werden. An dem Tag, an dem ich heiraten möchte, werde ich selbst meinen Mann wählen. Wenn er einverstanden ist, gut. Wenn nicht ...“

„Aber das hat es noch nie gegeben ...“

„Alles geschieht einmal zum erstenmal.“

„Aber das Gesetz ...“

„Welches Gesetz, Alkalde? Das Gesetz derer, die die Frauen immer beherrscht haben?“

„Das Gesetz der Väter!“

„Ein Gesetz ist Gesetz, wenn es richtig ist. Aber das Gesetz, von dem du sprichst, ist ein Gesetz gegen die Frauen. Und wenn es gegen die Frauen ist, dann erkenne ich dieses Gesetz nicht an!“

Der Schlag hallte über den ganzen Platz.

Niemals hatte ein Alkalde jemanden vor der Comunidad geschlagen. Es war außergewöhnlich, so wie außergewöhnlich war, was sie hörten. Eine Frau lehnte sich zum erstenmal auf und sprach vor allen.

Leben bewegte sich nicht.

In ihren Augen standen Tränen, und eine Wange war rot.

„Auch wenn du mich tötest, Alkalde“, murmelte sie, aber

alle konnten es genau hören, „auch wenn du mich tötest, werde ich ein unrechtes Gesetz nicht befolgen."

„Antonietta!" In der Stimme des Alkalden schwangen Bitte und Befehl mit, Achtung vor dem Mädchen und Zorn über den Verlust des eigenen Ansehens. In seiner Stimme war der Wunsch hörbar, die Gesetze durchzusetzen, und seine Bewunderung für den Mut des Mädchens. All diese Gefühle begannen ihn zu verwirren. Leben war ein intelligentes, flinkes und auch ein kluges Mädchen. Er bewunderte sie. Er hätte sich eine Tochter wie sie gewünscht. Aber nicht so, wie sie in diesem Moment war, so aufrührerisch.

„Antonietta", sagte er, „du kannst das Gesetz nicht ändern. Das Gesetz steht über uns."

„Warum wurde Christus getötet?"

Oh, heiligste Jungfrau, heilige Maria Pachamama. Leben sprach ja genauso wie El loco! Dieselbe Art, Fragen zu stellen, hatte sie! Oh, Herr Jesus, warum gerade mir?

„Was hat das damit zu tun?" fragte er laut.

„Antworte mir, Alkalde", wiederholte das Mädchen seine Frage, „warum wurde Christus getötet?"

„Weil, weil ..."

„Ich sage dir, warum. Weil er sich gegen das Gesetz stellte!"

„Lästere nicht!"

„Ich lästere ja nicht. Er war gegen die Gesetze: Gegen das Gesetz, das die Menschen zu Sklaven machte. Gegen das Gesetz, das verbot, am Sabbat einem Sterbenden zu helfen, weil man damit den Herrn gekränkt hätte. Sie haben ihn getötet, weil er diese Gesetze nicht anerkannte."

„Genug jetzt, Antonietta!"

„Du sagst ‚genug', weil du mir nicht antworten kannst. Und das ist dir unangenehm. Aber sage mir, Alkalde: Wie ist denn unser Leben? Jetzt soll ich den da heiraten, obwohl ich ihn nicht will. Dein Gesetz verlangt, daß ich ja sage. Und ich soll Kinder gebären, Kinder, bis ich verrecke. Und arbeiten, bis ich verrecke. Und still sein. Und ihm dienen und gehorchen, so wie dir und dem Priester, bis ich verrecke. Das einzige, wofür ich niemanden um Erlaubnis bitten müßte, wäre das Kreuzzeichen, das ich machen würde, um die Dämonen und die bösen Geister zu verjagen. Und mit all dem soll ich auch noch zufrieden sein und danke sagen dafür, daß ich das Glück habe, ein Ding zu sein? Nein! Ich will ich sein, verstehst du? Ich!"

„Verhext bist du, verhext! Sprich nicht weiter!"

„Ich will aber sprechen! Ich will auch sagen, daß niemand mehr das alles akzeptieren sollte, daß ihr..."

Ein zweiter Schlag.

Diesmal kam er nicht vom Alkalden, sondern von ihrer Mutter. Die kniete jetzt vor dem Alkalden und bat um Verzeihung für ihre Tochter. Für sie, die von diesem Augenblick an nicht mehr ihre Tochter war, die niemand in der ganzen Familie mehr Tochter oder Schwester nennen würde.

Wer es war, der den Stein warf, konnte nie festgestellt werden. Aber nach dem ersten flog der zweite Stein, und Antonietta fiel zu Boden. Auch die anderen begannen jetzt, Steine zu werfen. Man mußte die Geister der Ahnen besänftigen. Man mußte Pachamama beweisen, daß man die Gesetze befolgte, daß man gehorsam war. Denn sonst würden sich Pachamama und alle Geister an ihnen rächen.

Sie hätten das Mädchen gesteinigt, wenn El loco sich nicht über sie geworfen und sie mit seinem Körper ganz zugedeckt hätte. Er strampelte wie eine Puppe und schrie wie ein Huhn, wenn ihn die Steine trafen. Er schrie und strampelte und lachte. Und er war so komisch, daß die Leute zu lachen begannen und nicht mehr die Kraft hatten, Steine zu werfen.

„Der Verrückte verteidigt die Verrückte", sagten sie und lachten.

Die Verlobungszeremonie wurde zu Ende geführt.

Neue Paare würden das Zusammenleben versuchen, bis die Geburt eines Kindes oder ein bißchen Glück die Hochzeitsfeier möglich machen würde. Dann beeilten sich alle, zur großen Tafel zu kommen, die Seine Exzellenz, der Richter, hatte vorbereiten lassen, um das Fest der allgemeinen Brüderlichkeit würdig zu beenden. Da gab es Camotes und Cuyes; schmackhafte Meerschweinchen, mit vielen Kräutern gebraten und im Fett schwimmend; große Scheiben vom Sajino, dem köstlichen Wildschwein, und Chicha, soviel man wollte.

Dem Richter mußte wirklich viel an dem Fest liegen, wenn er für so viele gute Dinge gesorgt hatte.

Auch Eduardo, der Alferez, war glücklich. Alle gratulierten ihm. Das Fest war gut gelungen. (Wenn man von dem Zwischenfall mit Antonietta absah, für den er ja schließlich nicht verantwortlich war.) Und es hatte ihn gar nicht so viel Geld gekostet. Mit drei Jahren Arbeit würde er die Schulden bezahlen können.

El loco wartete, bis die Menge sich entfernt hatte. Dann stand er auf und betrachtete die tiefe, blutende Wunde auf Lebens Stirne. Er wußte nicht, wohin er sie bringen sollte. Da trat Doña Ida zu ihm. „Komm mit mir!“ sagte sie.

Er nahm das Mädchen auf die Arme und trug es in das Geschäft der Frau. Dort legte er es auf die Mehlsäcke, während Doña Ida alles Nötige holte, um das Mädchen zu verarzten und zu verbinden. Sie säuberte die Wunden, behandelte und verband sie. Dann setzte sich Doña Ida neben El loco und wartete.

„Sie muß wirklich verhext sein“, bemerkte sie, „ich habe noch nie eine solche Rebellin gesehen.“

„Furiosa“, murmelte El loco, „Furiosa!“

„Du hast gar nichts mit dieser ganzen Geschichte zu tun, nicht wahr, Loco?“ fragte Doña Ida, aber sie lächelte. Und ihre Stimme klang nicht vorwurfsvoll. „Du bist wirklich verrückt, mein Freund, völlig verrückt.“

Antonietta öffnete die Augen.

„Was ist geschehen?“ fragte sie.

„Wenn du sprichst, geht es dir wieder gut“, sagte die Frau

und stand auf, um dem Mädchen etwas zu trinken zu holen.

„Yajen, Yajen, was ist mit mir geschehen?“ Sie hatte den Verband auf ihrer Stirn bemerkt und sich plötzlich aufgerichtet, um sich überall zu betasten. „Au, au!“

Richtig, dort wo die Steine getroffen hatten, tat alles weh. Auch El loco spürte die Schmerzen auf dem Rücken und an den Beinen. Aber weil er verrückt war, beachtete er sie nicht.

„Yajen, was haben sie mir getan?“

„Nichts, Furiosa, nichts.“

„Wer ist denn Furiosa?“

„Du, Leben, du bist Furiosa, ein kleiner Teufel. Ein schöner Name, nicht wahr? Ein Deckname.“

„Du bist wirklich verrückt. Aber was haben sie mit mir getan?“

„Nichts. Sie haben nur vergessen, den achten Dämon zu töten.“

„Welchen Dämon?“

„Den achten, Furiosa. Die Engel töten immer nur sieben Dämonen: den Hochmut, den Zorn, den Geiz... mit einem Wort, alle. Aber den achten töten sie nicht!“

„Rede nicht lange! Welcher ist der achte?“ Leben wußte, daß El loco Stunden so weitersprechen würde, wenn sie ihn nicht fragte.

„Der achte Dämon ist die Grausamkeit. Die achte Todsünde, die niemand erkennen will.“

„Das habe ich aber noch nie gehört. Es gibt doch nur sieben Todsünden!“ sagte Doña Ida, die mit einem Glas Schnaps zurückkam.

„Acht, es sind acht. Aber die achte fehlt immer. Die Grausamkeit. Und die Engel können sie nicht töten. Sie würden sonst die Macht töten.“

Am Abend gab Seine Exzellenz, der Herr Richter, ein Essen für die Beamten und die Honoratioren der Stadt. Den Ehrenplatz reservierte er dem Alkalden. Bisher hatte man ihn nie zu solchen Festen eingeladen oder ihm gar den Ehrenplatz angeboten. Alle wunderten sich, aber der Richter lächelte und erklärte, diese Ehre gelte weniger der Person selbst als dem Bürgermeister der Stadt und dem Führer der Indios. Auf diese Art könne man das Fest der allgemeinen Brüderlichkeit am besten feiern.

Ein denkwürdiges Essen: es gab viele, wunderbar zubereitete Gerichte und viel guten Wein. Richtigen Wein. Man hatte ihn aus der Hauptstadt kommen lassen, der Ingenieur der Erzbaukompanie hatte ihn beigesteuert.

Wirklich ein ausgezeichnetes Essen.

Später gab es Likör und Zigarren, Zigarren und Likör.

Der Alkalde dachte, er werde nie mehr in seinem Leben einen solchen Abend erleben. Er fühlte sich wie in einer anderen Welt. Vielleicht war das Paradies so?

Dann wurde der letzte Toast gesprochen. Das Fest ging zu Ende. Da winkte Seine Exellenz den Alkalden zu sich.

„Alkalde, gehen Sie nicht weg mit den anderen. Ich muß mit Ihnen sprechen."

Im Büro des Richters saßen fünf Männer. Der Advokat, der Ingenieur der Erzbaukompanie, der Richter, er selbst und ...

„Herr Doktor Scollo", stellte der Richter vor, „er vertritt Seine Exzellenz, den Herrn Präfekten."

Es war also eine wichtige Besprechung, wenn sogar ein Vertreter des Präfekten hier war. Aber was hatte er, ein einfacher Alkalde, hier zu suchen?

Und ob er etwas dabei zu suchen hatte! Es wurde ihm sehr schnell klar, warum man ihn eingeladen hatte. Die Erzbaukompanie war an dem Land im Norden der Stadt interessiert. Es gab dort ein Erzvorkommen. „Ein großes Vorkommen", sagte der Ingenieur der Kompanie, ein Nordamerikaner.

Wenn er groß sagt, heißt das, daß es mehr als riesig ist, dachte der Advokat, aber er sagte nichts.

„Die Kompanie ist bereit, dieses Land zu kaufen. Im Tausch dafür geben wir Ihnen Land im Süden der Stadt.

Tiefer gelegene Felder, die leichter zu bearbeiten sind. Die Kompanie wird auch Maschinen und nötigenfalls das Geld für die Übersiedlungen zur Verfügung stellen. Denn einige Häuser müssen abgerissen werden. Die Häuser im Norden der Stadt. Die Kompanie wird natürlich neue Häuser bauen, richtige Häuser. Einverstanden?"

Der Richter war einverstanden, der Advokat nickte mit dem Kopf. Der Vertreter des Präfekten sagte nichts. Er war ja nur Beobachter.

Und der Alkalde?

Der Alkalde schluckte ein paarmal, bevor er antwortete. Das Vergnügen an dem Essen war ihm vergangen. Diesen Leuten zu antworten, war gar nicht so einfach.

„Das Land", brummte er, „das Land gehört der Comunidad."

„Das wissen wir", sagte der Richter, „deshalb sprechen wir mit Ihnen!"

Deshalb die Einladung und der Ehrenplatz! dachte der Advokat, aber er schwieg auch diesmal.

„Wir können das Land der Comunidad nicht verkaufen. Euer Exzellenz wissen das! Das ist Tradition!"

„Ich weiß, ich weiß. Aber ihr sollt ja nur tauschen. Ihr gebt der Kompanie das Land im Norden und nehmt das im Süden. Genausoviel Land wie vorher und eigentlich das gleiche Land. Die Kompanie wird euch sogar ein paar Hektar mehr geben, nicht wahr, Herr Ingenieur?"

Es wurde immer schwerer zu antworten.

„Es geht nicht, Exzellenz. Das ist das Land unserer Ahnen, wir können es nicht verkaufen!"

„Ihr verkauft es nicht, ihr tauscht es."

„Das ist ja dasselbe, Exzellenz. Das Land gehört den Comuneros. Es ist unmöglich."

Sie diskutierten lange.

Aber der Alkalde konnte nicht ja sagen. Die Comuneros würden diesem Tausch nie zustimmen. Das wußte er. Dieses

Land hatten die Väter der Väter bekommen, ja es hatte ihnen schon vorher gehört. Das Land gehörte der Ayulla, der Gemeinschaft: alle mußten es bearbeiten. Man konnte es den Bedürfnissen entsprechend aufteilen, aber auch die Felder, die die einzelnen Familien bearbeiteten, gehörten doch weiter der Comunidad. Nach einiger Zeit gaben die Familien ihr Stück Land der Comunidad zurück und bekamen ein anderes Stück, um es zu bearbeiten. Und die Felder, die niemandem zugeteilt worden waren, mußten von allen gemeinsam bestellt werden, auch die Witwen, die Kinder und die Alten mußten mitarbeiten. So wie auch alle beim Dammbau halfen, wenn es notwendig war, Steinmauern aufstellten und die Straße stampften … All das versuchte der Alkalde dem Richter und dem Nordamerikaner zu erklären.

„Die Kompanie braucht das Land", sagte der Ingenieur und stand auf. Es war sinnlos weiterzureden. „Exzellenz, die Kompanie verläßt sich auf Sie!"

Der Richter verbeugte sich.

3

Dreimal bestellte der Richter den Alkalden zu sich.

Dreimal beriet sich der Alkalde mit dem Ältestenrat, mit den Comuneros, mit allen, die ihm helfen konnten, das Problem zu lösen.

Dreimal sagte er nein.

Unsicherheit breitete sich in San Sebastian aus. Irgend etwas war im Gange. Die Polizisten wurden viel strenger. Sie verhafteten die Comuneros wegen jeder Kleinigkeit. Um freigelassen zu werden, mußte man Strafe zahlen. Das Geld hierfür fehlte oft, und die ganze Comunidad mußte es zusammenkratzen, wenn man nicht wollte, daß sie den verhafteten Comunero ins Gefängnis nach Andusia brachten. Denn jeder wußte, wie und wann man nach Andusia kam, aber keiner konnte sagen, ob man je wieder nach Hause zurückkehrte.

Die Indios bekamen Angst.

Jeder wußte, was ein Gefängnis war. Ein Ort, an dem du nichts mehr besitzt, wo du nichts mehr siehst. Kein offener Raum, kein Wind, kein leichter Regen, der dich bis auf die Haut durchnäßt. Keine brennende Sonne und auch kein Duft nach Erde. Weit weg von den Geistern der Ahnen, weit weg von der Frau ...

Man mußte vorsichtig sein.

Man durfte nicht mehr trinken, sich nicht besaufen. Die Strafen wurden immer schwerer. Man mußte die Grenzen der Großgrundbesitze respektieren. Man mußte, man mußte, man mußte ... Wenn man etwas nicht beachtete, wartete das Gefängnis. Der Richter war der strengste von allen.

„Gesetz ist Gesetz. Man kann nicht einfach das Gesetz verletzen. Wer es verletzt, ist gegen den Staat, das heißt, er ist ein Rebell, ein Revolutionär. Revolutionäre müssen bestraft werden."

Das wiederholte er ständig.

Revolutionäre gab es jetzt überall.

Armandido, zum Beispiel, wurde als Revolutionär verhaftet, weil er nicht mitgehen wollte, als man ihn zum Polizeileutnant holte. Armandido hatte nichts getan, das wußte auch der Polizeileutnant, der von ihm eigentlich nur ein paar Informationen wollte. Aber er hatte sich gegen die Behörden aufgelehnt, weil er nicht zur Polizeiwache gekommen war. Deshalb wurde er verhaftet, nach Andusia gebracht und der Rebellion gegen die Behörden angeklagt.

Drei Tage später erhielt der Alkalde eine Mitteilung: Der Comunero Armandido hatte sich umgebracht. Man hatte ihn in seiner Zelle erhängt gefunden. Das bewies, daß die Polizei recht gehabt hatte. Armandido hatte etwas zu verbergen gehabt.

Die Leute blieben jetzt zu Hause. Sie gingen nur mehr auf die Straße, wenn es unbedingt notwendig war. Das Gasthaus, wo man ein Glas Chicha trinken konnte, sperrte zu, weil keine Gäste mehr kamen. Gleichzeitig begann der Advokat die Mieten einzufordern. Es stellte sich eigenartigerweise dabei heraus, daß die Hütten im Norden der Stadt dem adeligen Don Alfonso Colon gehörten.

„Die Häuser gehören den Comuneros!" protestierte der Alkalde beim Richter. „Die Comuneros haben sie auf dem Land der Comunidad gebaut."

„Kann schon sein", sagte der Richter, „aber das müßt ihr erst beweisen. Und solange das nicht bewiesen ist, müßt ihr zahlen. Entweder die Bewohner zahlen dem Besitzer die Miete, oder sie müssen ausziehen. So ist das Gesetz."

„Aber ..."

„Noch etwas, Alkalde, und trichtern Sie das Ihren Comuneros gut ein: Don Alfonso Colon ist ein wirklich nobler Herr! Er verlangt nicht einmal, daß ihr die Rückstände bezahlt!"

Sie versuchten, nicht zu zahlen.

An einem bleiernen, eisigen Tag kamen in der Früh zwei Polizisten und ein Sergeant und räumten das Haus Nummer zwölf.

Damiana kam mit einem Bündel Fetzen und verwirrtem Gesicht heraus. Sie blieb, so wie sie war, neben dem Haus im Regen stehen. Neben ihrem Haus, das die Polizisten versiegelt hatten und in das sie nicht mehr zurückkehren konnte, weil das Gesetz die Räumung befohlen hatte. Siebenundsiebzig Jahre war sie alt, allein, klein, gebrechlich und zittrig.

El loco kam zu ihr.

„Nimm", sagte er lächelnd.

Damiana bemerkte ihn gar nicht.

„Nimm, Abuelita", wiederholte El loco. Vorsichtig legte er ihr den Poncho um die Schultern, den er ausgezogen hatte. Erst jetzt sah ihn Damiana an.

Sie bemerkte, daß er nur in Hemdsärmeln war, und sagte: „Ja ... und du?" und wollte ihm den Poncho zurückgeben.

„Behalte ihn, behalte ihn!" und das Lächeln beleuchtete El locos Gesicht.

„Aber es regnet, Dumm ..." Sie konnte jetzt nicht „Dummkopf" zu ihm sagen, aber sie wußte auch nicht, wie sie ihn sonst hätte nennen können. „Aber es regnet!" wiederholte sie.

„Ja, es regnet."

„Du wirst ganz naß."

„Ich werde naß? Aber nein, Abuelita. Ich wasche mich! Es ist schön, sich zu waschen, weißt du?"

„Du bist wirklich verrückt", brummte Damiana und hatte Tränen in den Augen.

„Merkst du, wie der Regen duftet?" sagte El loco und entfernte sich hüpfend und aus voller Kehle lachend.

Dreizehn Zwangsräumungen in zwei Tagen. Eine Delegation ging mit dem Alkalden, um zu protestieren. Der Richter wiederholte, sie müßten beweisen, daß die Häuser den Comuneros gehörten.

„Don Alfonso muß auch beweisen, daß sie ihm gehören", antwortete der Alkalde.

„Alkalde", sagte der Richter streng, „Don Alfonso muß gar nichts beweisen. Bei seiner gesellschaftlichen Stellung kann man nicht an seinem Wort zweifeln."

Man mußte nach Andusia fahren und das Dokument der Väter vom Notar holen.

Das Dokument bewies, daß das Land ihnen gehörte.

Man brachte es dem Richter.

Seine Exzellenz las es durch.

„Es ist alt", sagte er, „und beweist, daß das Land im Norden der Comunidad gehört. Gut, und weiter?"

„Exzellenz, wenn das Land der Comunidad gehört, dann müssen doch auch die Häuser..."

„Wo ist das Dokument, in dem steht, daß die Häuser den Comuneros gehören und nicht Don Alfonso?"

„Aber ein solches Dokument gibt es nicht!"

„Bringt mir ein solches Dokument, und es gibt keine Zwangsräumungen mehr!"

„Exzellenz, fünfzehn Familien sind obdachlos!"

„Da kann ich gar nichts tun!"

„Das ist ungesetzlich!"

„Alkalde, ich bin ein staatlicher Richter. Wenn Sie noch einmal sagen, daß das, was ich tue, ungesetzlich ist, kommen Sie sofort ins Gefängnis. Egal, ob Sie Alkalde sind oder nicht. Verstanden?"

Sie hatten verstanden.

Und ein Dokument, in dem stand, daß die Häuser den Comuneros gehörten, existierte nicht.

Die Sache mit den Häusern war ja noch erträglich. Aber das Vieh mußte trinken.

Der Fluß, der ganze Fluß, gehörte Don Armando de Lopez. So stand es zumindest in den Papieren, die er dem Richter zeigte. Und daß er bisher gestattet hatte, die Wäsche im Fluß zu spülen und das Vieh dort zu tränken, war reine Großmut gewesen. Aber jetzt war es ihm zuviel geworden. Man verschmutzte ihm ja das Wasser, und sein Vieh konnte es nicht mehr trinken. Wenn das Vieh der Comunidad trinken wollte, mußte die Comunidad eben dafür bezahlen.

„Das Vieh stirbt!" protestierte der Alkalde beim Richter.

„Das Gesetz, Alkalde – das wissen Sie so gut wie ich –, das Gesetz erlaubt nicht, daß man sich fremden Besitz aneignet. Aber falls Ihnen das noch nicht genügt, wenn Sie meinen, daß das menschliche Gesetz ungerecht ist, dann fragen Sie doch Pater Ramon und Pater Juan. Was sagt denn das göttliche Gesetz? Du sollst nicht das Gut deines Nächsten begehren. Du sollst nicht stehlen! Verstanden?"

Verstanden? Und ob sie verstanden hatten!

So gut hatten sie begriffen, daß einige Hirten ihre Herden nachts zum Fluß führten. Am nächsten Tag starb ein Schaf nach dem anderen. Der Fluß war vergiftet worden.

Die Hirten beschwerten sich.

Zwei von ihnen zerrte man auf den Lastwagen und brachte sie nach Andusia, weil sie die Polizisten beleidigt hatten.

Zwei Frauen, die Wäsche waschen gingen, wurden geschlagen.

Als der Alkalde sich beim Polizeileutnant beschwerte, sagte dieser, man hätte die Frauen auch wegen Verletzung von Privatbesitz verhaften können.

Jeder Tag brachte etwas Neues.

Jeden Tag spürte die Comunidad, wie man sie einkreiste und zu ersticken drohte.

„Das machen sie, weil sie unser Land wollen!"

„Was können wir denn tun? Wir werden es ihnen geben müssen!"

„Das geht nicht, es wäre gegen das Gesetz der Väter!"

„Ja, aber was sollen wir dann tun?"

Nichts konnten sie tun.

Nicht einmal an irgend etwas denken konnten sie.

Und das Vieh starb.

Die Comunidad kratzte das letzte Geld zusammen, um die Tränke für das Vieh zu bezahlen.

Sie zahlten am Vormittag, und am Nachmittag stürzten die Tiere zum Fluß. Sie tranken lange. Aber ein zweites Mal würden die Comuneros nicht mehr zahlen können.

„Loco, du spielst mit der Büchse und denkst an nichts anderes!“ murrte Furiosa an diesem Abend, als sie sich neben ihren Freund setzte. „Ich wollte, ich wäre auch verrückt, dann verstünde ich nichts und könnte sorglos leben.“

„Warum quälst du dich?“ fragte El loco.

„Weil es wichtigere Dinge gibt als deine Büchse!“

„Wirfst du nicht mehr gerne Steine in die Büchse?“

„Das hat damit gar nichts zu tun!“

„Willst du werfen?“

„Nein!“

„Kannst du die Büchse nehmen?“

„Was redest du denn für Zeug, Yajen?“

„Kannst du die Büchse nehmen?“

„Natürlich kann ich das!“

„Kann die Büchse zu mir kommen?“

„Ganz von allcine?“

„Ich sitze hier! Kann sie zu mir kommen?“

„Nein!“

„Holst du mir die Büchse?“

Furiosa stand auf, nahm die Büchse und brachte sie El loco.

„Siehst du?“ El loco lächelte, „die Büchse ist gekommen!“

„Aber ich habe sie dir doch gebracht, Dummkopf!“

„Eben. Und das Wasser kann auch kommen.“

Furiosa sah ihn an. Das hätte sie sich gleich denken können. Seit Jahren kannte sie El loco, und doch fiel sie immer wieder auf seine Tricks herein. Aber warum hatte er auch nicht gleich davon gesprochen?

„Yajen, sag mir: wie kann das Wasser kommen?“

„Wenn das Vieh nicht zum Fluß kommen kann, wird der Fluß zum Vieh kommen!"

„Aber wie?"

El loco stellte die Büchse wieder vor sich hin und begann zu werfen. Sie konnte ihn nicht mehr zum Sprechen bringen.

Die ganze Nacht schlug sich Furiosa mit der Lösung des Problems herum. Sie schlief schlecht, und am nächsten Tag klopfte sie in aller Früh schon an die Tür des Alkalden.

„El loco hat gesagt ..."

„Immer er! Wann wirst du endlich damit aufhören?"

„Hör mir zu, Alkalde. El loco hat gesagt: Wenn das Vieh nicht zum Fluß kommen kann, dann wird der Fluß zum Vieh kommen. Das ist die Lösung, aber ich weiß nicht, wie der Fluß zum Vieh kommen kann."

„Hat El loco dir nicht mehr gesagt?"

„Nein, er hat weiter mit der Büchse gespielt!"

„Wenn er es gesagt hat, dann weiß er die Lösung!"

„Er sagt aber nichts, das weißt du doch!"

Aber sie begannen zu reden. Sie redeten, während sie auf die Felder gingen, sie redeten während der Arbeit, sie redeten mit den Nachbarn. Ununterbrochen sprachen sie miteinander. Und am Abend versammelten sich dreißig von ihnen im Haus des Alkalden, um das Problem zu besprechen.

Im Morgengrauen begannen acht Männer und Furiosa mit Schaufeln und Hacken einen Kanal zu graben. Sie begannen dort, wo die Straße auf der einen Seite an das Land der Comunidad grenzte und auf der anderen am Fluß entlanglief. Sie gruben einen langen Kanal und dann ein großes, tiefes Loch. Andere Männer lösten sie ab und wurden später selbst von anderen abgelöst.

Dann kam die Gruppe zurück, die die Steinplatten geholt hatte.

In der Nacht gruben sie einen Kanal durch die Straße. Einen Kanal bis zum Fluß. Und das Wasser kam. Es überquerte die Straße, lief murmelnd und glucksend den Kanal entlang und füllte das Loch.

Das Vieh trank.

Die Steinplatten über der Straße deckten sie mit Erde zu, sodaß sie den Kanal vor den Leuten versteckten. Auch jenen Teil des Kanals, der durch das Land der Comunidad lief, deckten sie mit den Platten ab.

Das Vieh hatte Wasser. Der Fluß war zu ihm gekommen.

An diesem Abend sperrte das Gasthaus wieder auf.

Fast dreißig Männer stießen miteinander an.

Irgend jemand brachte auch El loco ein Glas Chicha. Nur so, weil er ihm sympathisch war.

Nicht einmal bei ihrer Hochzeit waren sie so stolz gewesen.

„Mañana – morgen", grüßten sie einander.

„Mañana, Furiosa!"

Sie war wirklich ein Teufel von einem Mädchen, eine ... eine ... Aber das mußte ja so sein. Schließlich war sie die einzige weit und breit, die blaue Augen hatte. Niemand sonst hatte blaue Augen. Und was konnte man schon von einer Frau mit blauen Augen erwarten?

„Mañana, Furiosa!"

Am nächsten Tag konnten die Polizisten keine Häuser räumen.

„Die Häuser gehören uns. Wir gehen nicht weg!" sagten die Leute.

„Befehl vom Herrn Richter ..."

„Die Häuser gehören uns!"

„Ihr kommt alle ins Gefängnis ...", drohte ihnen der Sergeant.

„Ja, aber erst müßt ihr uns wegtragen!"

Sie konnten sie nicht vertreiben, denn sie waren fest entschlossen, in ihren Häusern zu bleiben.

Der Sergeant ging zum Polizeileutnant, und als er zurückkam, sagte er:

„Der Leutnant gibt euch achtundvierzig Stunden Zeit. Entweder räumt ihr die Häuser dann freiwillig, oder er holt die Soldaten."

Acht Polizisten kamen hinzu, stellten sich auf der Straße auf und warteten. El loco kam lachend näher, immer einen Schritt vor und zwei zurück, einen Schritt vor und zwei zurück. Und eine Verbeugung, eine tiefe Verbeugung.

„Du hast uns gerade noch gefehlt!" murrte der Sergeant.

El loco blieb stehen, lächelte und verbeugte sich.

Dann begann er mit einem Stück Kohle an die Wand zu schreiben:

2 + 2 = 5, 2 + 2 = 5

Der Sergeant lachte.

„Dummkopf", rief er, „wenn du schon schreiben willst, dann wenigstens richtig!"

Alle drehten sich um, weil sie sehen wollten, was geschah.

„Warum?" fragte El loco, „darf ich nicht schreiben?"

„Natürlich darfst du schreiben. Aber, mein lieber Freund, zwei und zwei ist vier!"

„Kann sein, aber für mich ist es fünf. Kann das nicht sein?"

„Natürlich nicht. Zwei und zwei ist immer vier!"

„Wer sagt das? Warum kann zwei und zwei nicht fünf sein?"

„Weil es eben vier ist, Loco!"

„Muß ich sagen, daß zwei und zwei vier ist?"

„Ja, das mußt du, denn es ist so. Es kann gar nicht anders sein."

„Dann darf ich also nicht mehr sagen, daß zwei und zwei fünf ist?"

„Nein, denn so ist das bestimmt."

„Aber sagen kann ich es doch?"

„Nein, du kannst es auch nicht sagen!"

„Aber ich zwinge dich ja gar nicht zu glauben, daß zwei und zwei fünf ist. Ich sage nur, was ich will. Warum willst du mich also zwingen zu sagen, zwei und zwei macht vier?"

„Weil das die Regel ist!"

„Und wer hat diese Regel gemacht?"

„Das weiß ich nicht. Ich weiß nur, daß es so ist und auch so sein muß, sonst wird alles ... sonst kommt alles ..." Der Sergeant wußte nicht, wie er es ausdrücken sollte.

„Sonst kommt alles durcheinander?" half ihm El loco lächelnd.

„Eben. Und dann könnte ja jeder sagen, was er will!"

„Aber was macht das schon, solange man die anderen nicht zwingt zu glauben, was man sagt? Siehst du, ich denke, daß zwei und zwei fünf ist. Ich habe keine Angst vor dir, obwohl du denkst, daß zwei und zwei vier ist. Im Gegenteil, ich freue mich darüber, denn auf diese Art können wir miteinander reden."

„Hör schon auf, Loco. Geh, verschwinde!"

„Warum bist du jetzt böse? Ich bin nicht böse, siehst du?" El loco nahm den Sergeanten am Arm. Der wollte ihn eigentlich wegstoßen, aber dann fürchtete er, daß seine Leute denken könnten, er habe Angst, und so ließ er ihn gewähren.

El loco schob ihn zum Gasthaus und sagte: „Komm, komm mit mir. Trinken wir ein Glas Chicha. Du hast doch Lust zu trinken, nicht wahr? Nur ein Glas, ein Gläschen."

„Ihr", befahl der Sergeant den Polizisten, „ihr wartet hier. Ich gehe mit diesem ... diesem ... und komme gleich wieder."

Er ging und trank ein Glas. Nur ein Glas, denn er war ja im Dienst. Zurück kam er ohne den Verrückten. Aber er war viel ruhiger. Und als der Richter ihm befahl, Salvador zu verhaften, weil er Don Alfonso beschimpft hatte (Salvador hatte gesagt, Don Alfonso lüge, wenn er behaupte, das Haus, in dem er, Salvador, wohnte, gehöre ihm), als der Richter ihm also befahl, Salvador zu verhaften, fragte er sich, ob zwei und zwei nicht doch auch fünf sein könnte.

Salvador verhaften, aber warum denn? dachte er. Weil er etwas anderes behauptet als Don Alfonso? Und wer ist schon Don Alfonso? Er könnte ja wirklich lügen. Dann müßte ich sie also beide verhaften. Entweder beide oder keinen.

Er nahm Salvador beim Arm und hielt ihn ganz fest, bis sie das Amtshaus verlassen hatten. Dann sagte er:

„Warum bist du böse? Komm, komm mit mir. Gehen wir ein Glas Chicha trinken. Du hast doch Lust zu trinken, nicht wahr? Nur ein Glas, ein Gläschen."

Sie gingen und tranken, und dann murmelte er:

„Und jetzt geh nach Hause!"

Komisch, es war ihm, als ob er wie El loco gesprochen hätte.

Auf dem Rückweg zur Polizeiwache sang er vor sich hin.

Sie ertrugen ein Unrecht nach dem anderen.

Der Kanal hatte ihnen wieder Kraft gegeben. Er hatte sie zum Sprechen, zum Handeln gebracht. Aber soviel sie auch taten, sie mußten doch einiges ertragen. Seit Jahrhunderten hatten sie sich alles gefallen lassen. Jetzt waren sie im Vorteil, denn sie verstanden, daß irgend jemand versuchte, sie einzuschüchtern, sie so einzuschüchtern, daß sie letzten Endes das Land doch der Erzbaugesellschaft verkauften. Und weil sie das wußten, waren sie in ihrer Weigerung hartnäckig.

Was sie nicht verstanden, war, daß dieser „irgend jemand" auf eine gewaltsame Reaktion wartete; eine Reaktion, die den Vorwand für blutige Gegenmaßnahmen gegeben hätte.

Die Besitzer der Geschäfte hatten plötzlich dringende Angelegenheiten in der Hauptstadt zu erledigen. Ein Autobus kam sie holen und brachte sie weg.

Nur Doña Ida blieb. Und Jacopo, der Fleischer. Aber die Backstube von Doña Ida brannte in der folgenden Nacht völlig aus.

„Die Petroleumlampe", sagten die Leute am nächsten Tag, nachdem es gelungen war, die Flammen zu ersticken. „Jemand hat die Petroleumlampe umgeworfen und ..."

Jacopo, der Fleischer, war ein eigenartiger Mensch. Als die Leute begannen, vor Hunger ohnmächtig zu werden, gab er das Fleisch auf Kredit.

„Ihr werdet es später bezahlen, und mit Zinsen!" schrie und brummte er vor sich hin. Aber er gab allen Comuneros Fleisch.

Das Fleisch ging allerdings auch bald aus, und der Lastwagen, der die neue Ladung bringen sollte, kam nicht. Die Ältesten schickten eine Abordnung zum Richter, die ihn bat, die Geschäfte wieder aufsperren zu lassen.

„Niemand hat ihre Schließung befohlen", antwortete Seine Exzellenz. „Ich kann also auch nicht befehlen, daß sie wieder aufmachen. Wenn die Besitzer zurückkommen, werde ich sie bitten, ihre Geschäfte aufzusperren, da könnt ihr ganz sicher sein."

Die Spannung in San Sebastian stieg.

Die Unzufriedenheit verwandelte sich langsam in Zorn. In unterdrückten Zorn, der aber jeden Moment offen ausbrechen konnte.

Seine Exzellenz lächelte, als er mit dem Polizeileutnant darüber sprach.

„Wir müssen vorsichtig sein", sagte er, „es genügt eine Kleinigkeit, und ... Wir müssen auf das Schlimmste gefaßt sein. Ich an Ihrer Stelle würde die Armee um Verstärkung bitten."

Die Armee wurde alarmiert.

Von diesem Moment an waren sie bereit. Die Waffen, die Kampfgruppen, die Unteroffiziere und die Offiziere warteten. Sobald jemand das Zeichen geben würde, sollte ein wirkungsvoller Mechanismus in Bewegung gesetzt werden, um die hergebrachte Ordnung zu schützen. Denn niemand durfte straflos die Sicherheit der Nation gefährden.

Sie hatten sich nicht verabredet. Und doch war der Platz voller Comuneros. Niemand hatte gesagt, daß an diesem Tag nicht gearbeitet werde. Aber jeder einzelne hatte – ganz für sich allein – beschlossen, nicht zur Arbeit zu gehen.

El loco spielte mit Büchse und Steinen. Er sah, wie sich der

Platz mehr als je zuvor füllte.

Furiosa kam aufgeregt auf ihn zu.

„Das ist unser Tag", sagte sie, „schau sie doch an!"

El loco schaute. Und sah undurchdringliche, stumme Gesichter.

Dann kam der Alkalde.

Der Zug formierte sich. Ein schweigender und in seiner Stille bedrohlicher Zug. Sie traten sehr diszipliniert in die Kirche ein, fast wie Soldaten. Kein Wort war zu hören, aber alle beteten. Jeder einzelne bat Pachamama, die Mutter Erde, aus der alles Leben entstand, um Hilfe. Sie wollten nur leben. Nicht mehr. Man hinderte sie am Leben. Auch gut! Was sie tun würden, wußten sie noch nicht, aber sie wußten, daß sie leben wollten.

Dann setzte der Zug sich wieder in Bewegung.

Der Alkalde ging an der Spitze.

Dahinter die Ältesten. Und die Männer und die Jungen. Und Furiosa. Hinter Furiosa kamen auch Asuncion und Dora, die Abuelita. Nur drei Frauen. Zwei Mädchen und eine Alte. Die anderen Frauen warteten zu Hause. So war es richtig, denn so war es immer gewesen. Aber drei Frauen sprachen für alle anderen.

Der Zug marschierte weiter.

Ohne Lärm oder Schreie.

Gerade deshalb rief Seine Exzellenz den Franzosen zu sich.

„Geh schnell in die Kaserne! Sie sollen ausrücken. Da ist der Befehl."

Er gab ihm ein Blatt Papier. Der Franzose, endlich einmal mit Macht ausgestattet, beeilte sich nicht. Das war seine Stunde, und die wollte er auskosten. Aber als er die erste Reihe des Zuges sah, verstand er: Wenn er sich nicht beeilte, dann war das seine erste und letzte offizielle Aufgabe gewesen. Und er rannte, rannte wie noch nie in seinem Leben. In der Kaserne kam er keuchend und außer Atem an.

Er zeigte sein Papier, der Hauptmann gab einen Befehl, und

die Kompanie rückte aus. Die Soldaten nahmen vor dem Haus des Richters und vor dem Amtshaus Aufstellung.

Der Zug bewegte sich inzwischen durch San Sebastian und kehrte dann auf den Hauptplatz zurück. Der Alkalde würde mit dem Richter sprechen. Auf dem Platz, vor der ganzen Comunidad.

Ein paar Buben kamen angerannt.

„Die Soldaten! Auf dem Platz sind die Soldaten mit geladenen Gewehren!"

Die Nachricht bewegte den Zug wie ein Windstoß das hohe Gras. Einen Moment lang zögerten sie, dann gab jedem die Anwesenheit des anderen Kraft, und mit einem einzigen Schrei stürmten sie vorwärts.

„Genug, genug, genug!"

Der Schrei wurde zum Marschrhythmus, die Hände bewegten sich, die Fäuste streckten sich drohend in die Luft.

„Das ist ja ein Aufstand, ein richtiger Aufstand!" rief der Leutnant dem Hauptmann zu, als er den Zug die Straße heraufkommen sah, die zum Hauptplatz führte.

Die Soldaten entsicherten ihre Gewehre.

„Nur auf meinen Befehl", ermahnte sie der Leutnant.

Aber auch die Menschen im Zug hatten die Soldaten gesehen, und der Schrei wurde härter, drohender.

Angst hatten jetzt alle, Comuneros und Soldaten gleichermaßen.

Der Richter beobachtete alles vom Fenster seines Büros aus.

„Wir sind soweit", murmelte er und rieb sich die Hände, „morgen schicke ich den Franzosen zum Präfekten. Das hätten wir also."

Er kehrte an seinen Schreibtisch zurück und vertiefte sich in eine Akte. Aber gerade als er sich hinsetzte, hörte er die Menge schreien.

„Ah", grinste er, „da haben wir's. Na ja, ein paar Schüsse, ein paar Verletzte, viel Angst, und alles ist vorbei. Gar nicht so dumm, die Leute von der Erzbaukompanie!"

Der Schrei wiederholte sich, und gleichzeitig drang plötzlich Lachen zu ihm.

„Was ist denn jetzt los?" Und er sprang zum Fenster.

Zwischen der ersten Reihe des Zuges und den Soldaten tanzte ein Mann mit einer Maske vor dem Gesicht.

Als der Mann sich umdrehte, sah der Richter, daß die Maske eine Karikatur des Präfekten war; sie war für den Fasching gemacht worden. In einer Hand hielt der Mann eine Maske des Richters und in der anderen eine, die den Advokaten darstellte. Er bewegte sie wie Marionetten.

Der Mann tanzte und tanzte ... die Leute begannen einen Kreis zu bilden, um besser zu sehen. Sie rückten immer weiter auseinander, bis sie die erste Reihe der Soldaten erreichten und sich unter sie mischten. Und die Soldaten lachten mit den Leuten, während der Mann mit der Maske des Präfekten tanzte und eine lebhafte Diskussion zwischen Präfekt, Richter und Advokat nachahmte.

Und alle lachten aus vollem Hals.

Es war ja auch wirklich zu komisch. Richtig lächerlich waren sie, der Richter, der Präfekt und der Advokat!

Der Maskenmann drehte sich, verbeugte sich, tanzte und fiel dann nieder. Da begannen die Leute zu schreien.

Auch die Soldaten riefen Präfekten, Richter und Advokaten Spottworte zu. Sie unterhielten sich blendend. Ihre Witze mischten sich mit denen der Comuneros. Alle wetteiferten jetzt um die lustigsten und treffendsten Ausdrücke.

„Wer ist das, wer ist dieser Unglücksmensch?" schrie der Richter.

Der Franzose erschien in der Tür.

„Zu Befehl, Exzellenz! Kann ich helfen?"

„Ich will wissen, wer dieser Idiot ist, der den Zug aufgehalten hat!"

„Sofort, Exzellenz, gleich werden wir es wissen!"

Aber es dauerte eine halbe Stunde, bevor er es herausfand. Denn erst nach einer halben Stunde voller Grimassen, Lachen und Sprünge nahm der Mann die Maske ab. Aus der großen Entfernung konnte der Franzose sein Gesicht zwar nicht sehen, aber er erkannte ihn trotzdem sofort. Nur ein einziger Mensch in ganz San Sebastian trug eine rote Binde um den Kopf: El loco.

Die Leute brachen in lautes Lachen aus. El loco verbeugte sich, fiel zu Boden, stand wieder auf und begann zu gehen: einen Schritt vor und zwei zurück, einen Schritt vor und zwei zurück.

Die Kinder liefen hinter El loco her und ahmten ihn nach. Dann schlossen sich ihm einige der jungen Leute an und dann ein paar Männer. Immer mehr Menschen folgten ihm. Und die Comuneros gingen im gleichen Schritt wie El loco lachend hinter dem einzigen Verrückten der Stadt her, den ganzen Weg zurück, den sie vorhin schweigend gekommen waren.

Auch die Frauen kamen dazu und gingen neben den Männern, nicht mehr hinter ihnen, wie bisher. Und sie lachten, wie sie noch nie in ihrem Leben gelacht hatten: einen Schritt vor und zwei zurück. Einen Schritt vor und zwei zurück. Am Ende des Zuges marschierten die Soldaten in die Kaserne zurück. Auch sie wie eine Armee von Verrückten: einen Schritt vor und zwei zurück.

Und der Hauptmann lachte.

4

Es geschah.

Niemand hatte es vorhergesehen. Niemand hatte auch nur daran gedacht.

Die Söhne von Don Alfonso und die Söhne von Don Armando langweilten sich. Die Ferien auf den Haziendas waren auch wirklich zu eintönig. Deshalb wetteten sie aus Spaß, daß Marilena, das wunderschöne Indio-Mädchen mit dem Feuerhaar, ja sagen werde. Sie waren doch schließlich die Söhne der Grundbesitzer.

„Sie ist nicht die Tochter eines Peones! Seid vorsichtig, sie gehört zur Comunidad!"

Die Warnung half nicht. Sie spornte sie, im Gegenteil, noch an.

„Indio-Mädchen bleibt Indio-Mädchen!" antworteten sie lachend.

„Und warum geht sie immer über die Hochebene, wenn sie nicht zu unseren Peones gehört?"

„Sie geht über unsere Felder, um den Weg abzukürzen."

„Gut, dann wird sie eben Weggeld zahlen!"

Marilena zahlte das Weggeld.

Sie lauerten ihr zu dritt auf. Und als sie sich wehrte, schlugen sie sie blutig.

Und vergewaltigten sie.

Marilena kehrte an diesem Abend nicht nach Hause zurück.

Auch am nächsten Tag kam sie nicht heim.

Furiosa und Asuncion fanden sie schließlich. Das Mädchen wollte sich umbringen. Sie führten sie nach Hause.

Die Frauen weinten, als sie gingen, um sie zu trösten.

Am nächsten Tag erstatteten die Eltern des Mädchens und der Alkalde beim Polizeileutnant Anzeige.

Der Sergeant brachte den Familien der jungen Männer die

Vorladungen.

Die Männer waren gezwungen, vor Gericht zu erscheinen.

Der Platz war voller Frauen, nur Frauen. Die Polizei hatte den Männern nicht erlaubt hinzugehen.

Frauen und Kinder waren auf dem Platz.

Als der Wagen, der von bewaffneten Aufsehern der Haziendas begleitet wurde, vor dem Amtshaus hielt und die drei Männer ausstiegen, war es ganz still; niemand rührte sich.

Nur viele undurchdringliche Gesichter, die sie anstarrten.

Die Verhandlung dauerte zwanzig Minuten. Am Ende ermahnte der Richter die drei Männer. Sie sollten nichts mehr tun, was bedauerliche Zwischenfälle nach sich ziehen könnte. Er verurteilte die drei zu einer Geldstrafe. Das Mädchen Marilena sollte ihr zerrissenes Kleid ersetzt bekommen. Er verurteilte sie auch, die Gerichtskosten zu tragen, und sagte am Ende: „Die Angeklagten werden auf Grund ihrer sozialen Stellung freigelassen."

Dann stand er auf, nahm seinen Richterhut ab und gab den vornehmen Herren die Hand.

Draußen warteten die Frauen.

Als sie die drei Männer lächelnd in den Wagen steigen sahen, begriffen sie, daß das Gesetz so wie immer entschieden hatte.

Sie sagten kein Wort.

Alle gemeinsam gingen sie auf das Amtshaus zu. Der Posten vor der Türe versuchte sie aufzuhalten, aber sie sahen so entschlossen aus, daß er Angst bekam. Er ließ sie eintreten.

Die Frauen und Kinder gingen die Stiegen hinauf. Als sie vor dem Verhandlungszimmer standen, machten sie die Tür auf.

Der Richter wurde blaß.

Der Franzose verschwand hinter der Anklagebank.

„Halt! Halt! Ihr wißt nicht, was ihr tut! Ihr vergewaltigt das Gesetz!"

Furiosa lachte. Ein schneidendes Lachen, eiskalt, wie es in

diesem Moment auch ihre Augen waren.

„Wir vergewaltigen das Gesetz, ihr vergewaltigt kleine Mädchen. Wir vergewaltigen das Gesetz, ihr tötet. Jetzt werden einmal die Karten auf den Tisch gelegt!"

„Nein, nein! Ich ...", und der Richter versuchte ins Nebenzimmer zu flüchten.

Das hätte er nicht tun sollen. Vielleicht hätte er sie einschüchtern können, wenn er ruhig gewartet hätte. Aber er versuchte zu fliehen, und das gab ihnen Mut.

Mit einem Satz schnitten sie ihm den Fluchtweg ab und drängten ihn langsam gegen das Fenster.

Ohne ein Wort zu sagen.

„Mach es auf!" befahl Furiosa, „mach es auf!"

Zitternd öffnete er das Fenster.

„Werft mich nicht hinunter", flehte er, „tötet mich nicht! Ich tue alles, was ihr verlangt, aber tötet mich nicht!"

„Wirst du die Verurteilung der Söhne von Don Alfonso unterschreiben?"

„Ich unterschreibe, ich unterschreibe!"

„Wirst du die Haftentlassung der Comuneros unterschreiben?"

„Ich unterschreibe, ich unterschreibe!"

„Und wirst du die Häuser zurückgeben ..."

Die Gewehrsalve kam überraschend. Gleich darauf hörten sie Schreie voller Schmerz und auch voll Wut.

„Hilfe, Hilfe, man tötet mich!" schrie der Richter.

Die Frauen drehten sich zum Eingang um.

In der Tür standen sechs Polizisten. Ihre Gewehre rauchten noch.

„Sie haben sie getötet!" schrie eine Frau und zeigte auf den Boden zu ihren Füßen. „Sie haben sie getötet!" schrie sie und zeigte auf Frauen, die auf dem Boden lagen.

„Feiglinge!" schrie Furiosa und drängte sich durch die Menge, „Feiglinge!"

Ihre Schreie wurden zu einem Gebrüll, und die Wut, die

seit langem in ihnen kochte, war plötzlich stärker als die Angst, stärker als alles andere. Sie überrannten die Polizisten, ohne lange nachzudenken, und stürmten vorwärts.

Der Polizeileutnant kam gelaufen.

Nicht einmal ein Wort konnte er sagen. Noch während er niederfiel, konnte er nicht glauben, was er sah.

Und die Waffen waren plötzlich in den Händen der Frauen.

So geschah es.

Ganz einfach.

Die Frauen, nur die Frauen.

Sie kamen zu den Gruben. Sie überrannten Barrieren und Aufseher. Sie überrannten alles. Einige fielen, aber die anderen ließen sich davon nicht aufhalten.

Furiosa wußte, wo das Dynamit war.

Mit dem Dynamit hielten sie die erste Kompanie von Soldaten auf.

Mit dem Dynamit hielten sie auch die zweite Kompanie auf.

Aber die Frauen fielen und mit ihnen die Kinder.

Dann kamen die Männer.

So begann es.

Es dauerte sechs Tage.

Sechs Tage lang versuchten die Soldaten, die man aus der nächsten Stadt geschickt hatte, San Sebastian zurückzuerobern.

Sechs Tage lang wurde in den Straßen und Häusern gekämpft.

Viele Männer fielen.

Die Soldaten aber hatten Angst vor den Frauen, nicht vor den Männern.

Das waren ja entfesselte Teufel. Wiederauferstandene Amazonen aus den alten Sagen. Schrecklich, entfesselt, unbesiegbar.

Viele Männer wurden gefangengenommen und nach Andusia gebracht.

Aber keine Frau. Die Soldaten hatten Angst, sie anzurühren, und diese Angst besiegte sie.

Und dann flog die Brücke in die Luft.

Comuneros, Peones und Bergarbeiter kämpften jetzt gemeinsam. Und starben auch gemeinsam.

Den Soldaten aus dem Tal, die ihre Kameraden ablösen kamen, wurden schreckliche Geschichten erzählt. Es war auch schwer, auf diesen Bergen, die fast den Himmel berührten, zu kämpfen. Aber es war nicht die Höhe, die sie aufhielt. Es waren die Frauen. Diese entfesselten Mannweiber mit Feueraugen, mit den Haaren im Wind. Sie benützten die Waffen, als ob sie ihr ganzes Leben nichts anderes getan hätten. Und dann war da auch noch dieser blauäugige Teufel, der nachts im Lager auftauchte und mit seinem Blick alles sprengte.

Sechs Tage lang sprachen die Zeitungen in der Hauptstadt von Zwischenfällen in San Sebastian. Auch das Fernsehen berichtete von Zusammenstößen mit betrunkenen Comuneros. Aber Journalisten durften nicht einmal in die Nähe von San Sebastian, es ging schließlich um die nationale Sicherheit. Ja, sicher, es gab dort Aufständische, Anhänger von Che Guevara, sicher...

Dann – nichts mehr. Man sprach nicht mehr über San Sebastian.

Das hieß, daß alles wieder normal war. Die Menschen in der Hauptstadt atmeten auf. Aufständische sind unangenehm, auch wenn es nur wenige sind und weit weg...

Man fand den Mann mit der roten Binde bewußtlos in der Nähe der Brücke. Direkt neben der gesprengten Brücke. Man konnte San Sebastian jetzt nur erreichen, indem man den Fluß durchquerte. Aber selbst wenn die Soldaten eine Furt finden sollten, mußten sie doch noch viele Kilometer bis zum Städtchen marschieren. Langsam marschieren, über die kahle, nackte Hochebene klettern, auf der es keine Deckung gab. Das war gefährlich, sogar sehr gefährlich. Man wartete besser. Niemand konnte San Sebastian verlassen. Und inzwischen, während die Brücke wieder aufgebaut wurde, wer weiß...

Man brachte den Mann mit der roten Binde zum Polizeikommando und dann zur Armee. Er lachte ständig, auch wenn sie ihn schlugen.

Er sagte nichts und lachte – wie ein Verrückter.

„Er ist ein Aufständischer!“ sagten sie.

Immer wieder verhörten sie ihn, aber er konnte nur lachen.

Man holte den Richter. Den Richter, der aus San Sebastian geflohen war.

„Kennen Sie ihn, Exzellenz?“

„Ja, er ist verrückt, aber gefährlich!“

„Wirklich verrückt?“

„Ja.“

„Dann schicken wir ihn ins Irrenhaus.“

„Ich würde ihn erschießen“, sagte der Richter, „ich glaube, er ist der Führer des Aufstandes.“

„Aber er ist doch verrückt?“

„Ja, aber …“

„Wenn er verrückt ist, wird er im Irrenhaus bleiben. Wenn er nicht verrückt ist …“

Sie sagten nicht mehr. Aber auch der Richter wußte, daß man im Irrenhaus auf jeden Fall verrückt wurde.

Und er atmete erleichtert auf.

5

„Warum sprichst du nicht? Willst du spielen?“

Das Kind sah ihn aus dem Augenwinkel an.

El loco nahm die Büchse und stellte sie vor sich auf den Boden. Dann hockte er, mit den Schultern gegen die Wand, und warf einen Stein.

Klingklang.

Das Kind hob den Kopf. Nur eine Sekunde lang, dann sah es wieder weg.

El loco warf einen zweiten Stein.

Klingklang!

Der Bub beobachtete ihn jetzt ganz offen.

El loco warf noch ein paarmal, dann legte er dem Kind einen Stein vor die Füße. Er sagte nichts.

Das Kind packte den Stein und versteckte die Faust auf dem Rücken.

„Versuch in die Mitte zu treffen“, lud ihn El loco ein, während er wieder einen Stein warf.

Der Bub zog den Kopf zwischen die Schultern. Der Mann warf noch ein paarmal und wiederholte dann seine Einladung.

Nichts.

El loco warf wieder.

Klingklang! Klingklang! Spack!

Der Stein war neben die Büchse gefallen. Das Gesicht El locos war so verstört, daß das Kind lächeln mußte. Der Mann machte ein erstauntes Gesicht, stand auf, ging zur Büchse, betrachtete sie genau, hob sie auf, um nachzusehen, ob sie vielleicht ein Loch hatte. Dann schüttelte er sie, sodaß die Steine, die er hineingeworfen hatte, aneinanderstießen, sah sie wieder an und stellte sie schließlich zurück auf den Boden. Jetzt aber näher zu dem Kind. Und dabei machte er ein so komisches Gesicht, daß das Kind lachen mußte. Es lachte lautlos, aber es lachte. El loco warf wieder, und diesmal lachte das Kind hörbar, als es sah, wie El loco ganz erstaunt den Stein ansah, der ihm vor die Füße gefallen war. Der Verrückte warf, und der Stein landete auf seinem Kopf. Da brach das Kind ganz offen in herzliches Lachen aus. Und lachend warf es selbst auch einen Stein.

Der Stein berührte die Büchse, fiel aber nicht hinein.

El loco kroch wie ein erschrecktes Meerschweinchen zu ihm hin und legte ihm eine Handvoll Steine vor die Füße.

Jetzt warfen sie gemeinsam. Sie wechselten sich ab und lachten, wenn sie nicht trafen.

Sie hörten erst auf, als der Pfleger kam. Besser, das Kind hörte auf und klammerte sich an den Arm von El loco.

„Da hast du den Hund", brummte der Pfleger und warf dem Kind einen Stoffhund zu. „Und jetzt sing!"

Das Kind streckte die Hand aus, nahm den Hund und begann zu singen.

„Gut, sing, sing nur!"

„Mach mir keine Injektion, bitte! Bitte ..."

El loco fühlte, wie ein Schauer über seinen Rücken lief. Seine Hand streckte sich, und seine Finger begannen, gegen seinen Willen, den Boden zu suchen.

„Ich mach dir jetzt keine Injektion. Ich mache sie, wann ich Lust dazu habe. Inzwischen sing!"

Der Kleine begann wieder zu singen.

„Wenn du aufhörst, komme ich sofort wieder zurück!" drohte der Mann, während er hinausging.

Der Bub nickte mit dem Kopf.

„Du weinst innerlich", sagte El loco, nachdem er ihn eine Weile beobachtet hatte. „Warum singst du, wenn du eigentlich weinen möchtest?"

„Ich singe! Ich singe! Ich singe!" schrie das Kind und stampfte mit dem Fuß auf. „Ich singe, ich singe ..."

Und dabei rannen ihm Tränen über das Gesicht, aber es sang immer noch. Ein altes Ketschua-Schlaflied. El loco wartete eine Weile, als ob er sich nicht entschließen könnte, dann begann er auch zu singen. Ein Lied mit fröhlichem Rhythmus und fröhlichem Text. Und er war so fröhlich und glücklich beim Singen, daß das Kind immer leiser wurde und dann ganz aufhörte zu singen. El loco sang immer weiter, während das Kind begann, den Rhythmus zu dem Lied zu schlagen. Und als El loco den Refrain zum drittenmal wiederholte, sang der Kleine mit.

Und sie sangen gemeinsam, lachend, bis ihnen die Tränen kamen.

Noch nie hatten sie sich so gut unterhalten.

„Bist du hungrig?" fragte El loco später.

„Ja, ich bin hungrig!"

Komisch, sonst war er am Abend nie hungrig gewesen.

„Jetzt essen wir ..." Er zog ein Säckchen hervor, nahm aus dem Säckchen ein Paket und aus dem Paket ein Stück Cuyes. Wann das wohl gebraten worden war?

„Iß!"

„Und du?"

„Ich esse später!"

„Bist du nicht hungrig?"

„Ich bin glücklich. Iß ...", und er begann wieder zu singen.

Dann kam der Pfleger und sah den Buben erstaunt an, der sich an die Schulter des Mannes lehnte und ruhig aß.

„Was ist hier los? Bist du verrückt geworden?"

„Er ißt!" lächelte El loco.

„Jetzt ist nicht Essenszeit!"

„Aber er hat ja keine Uhr, also ist für ihn jetzt Essenszeit!"

„Hör schon auf! Du hast uns hier gerade noch gefehlt, und außerdem ... Und du, warum singst du nicht?"

Der Bissen blieb dem Buben im Hals stecken.

„Iß", befahl El loco freundlich, „iß. Ich werde für dich singen."

„Du hast damit gar nichts zu tun!"

„Was heißt das? Bin ich denn nicht hier?"

„Natürlich bist du hier, aber du kannst nicht singen!"
„Warum nicht?"
„Weil nur er singen kann!"
„Warum denn?"
„Weil er verrückt ist!"
„Ich kann nicht singen?"
„Nein!"
„Dann bin ich also nicht verrückt?"
„Laß mich in Frieden!"
„Wenn ich nicht verrückt bin, warum sagt ihr dann, daß ich es bin?"
„Das ist eben dein Verrücktsein. Und jetzt hör auf, mir auf die Nerven zu gehen!"
„Singst du nie?"
„Natürlich singe ich manchmal!"
„Und wann singst du? Wenn du zufrieden bist, nicht wahr?" El loco lächelte.
„Richtig. Und hier drinnen singe ich nie!"
„Eben. Hier bist du nicht zufrieden. Aber draußen singst du."
„Ja, draußen singe ich!"
„Dann bist du verrückt!"
„Red keinen Unsinn!"
„Er ist verrückt, weil er singt. Du singst, also ..."
„Aber er singt mit dem Stoffhund!"
„... den du ihm bringst. Wenn er den Hund nicht hat, singt er dann?"
„Nein."
„Dann willst du also, daß er singt!"
„Ich tue, was man mir sagt!"
„Weißt du, warum du es tust?" El loco sprach ruhig, entspannt.
„Ich werde dafür bezahlt und Schluß!"
„Dann weißt du also nicht, warum du bestimmte Dinge tust ...?"

„Nein, und ich will es auch gar nicht wissen."

„Na ja, wenn einer aber macht, was man ihm sagt, ohne zu verstehen, warum er es tut, dann ist er doch wirklich verrückt, findest du nicht?"

„Hör auf, hab ich gesagt! Ich will nichts mehr von dir hören!"

El loco lächelte. Mit dem Fuß rückte er die Büchse zurecht und warf.

„Siehst du, das ist das einzige, was du kannst", brummte der Pfleger noch immer wütend. „Steine in eine alte Büchse werfen. Und dann behauptest du, du bist nicht ..."

Er ließ den Satz unvollendet. Er sah das Kind an, das sich noch immer an El locos Arm klammerte, und wollte ihm schreiend befehlen zu singen. Dann sah er den Mann noch einmal an, schüttelte den Kopf, als ob er sagen wollte, daß er machtlos sei, daß sie stärker wären, ging und warf die Tür hinter sich zu.

Der Bub atmete auf. Der Pfleger hatte vergessen, ihn ans Bett zu binden.

„Willst du singen?" flüsterte El loco.

„Mit dir schon. Aber jetzt möchte ich nur ganz still bei dir sein."

El loco lächelte.

Und hörte sogar auf, Steine in die Büchse zu werfen.

Am nächsten Tag holte ihn der Pfleger.

„Komm mit, Büchse!"

Komisch, seit er nicht mehr in San Sebastian war, sagte niemand „Loco" zu ihm. Sie nannten ihn „Büchse", aber das klang so, als ob sie „Loco" meinten.

El loco stand auf und lächelte.

„Die Büchse rollt, die Büchse rollt", begann er vor sich hin zu singen, „sie rollt, sie rollt ...", und er begann zu lachen. „Sie rollt, sie rollt."

Sein Lachen war so unbeschwert, daß es die anderen ansteckte. Es schien ein befreiendes Lachen. Auch das Kind lachte. Und auch der Pfleger, der versuchte, ihm zu widerstehen, wurde von dem Lachen angesteckt; und als es, fast gegen seinen Willen, aus ihm herausbrach, versuchte er sich zu rechtfertigen und brummte zwischendurch:

„Der ist wirklich verdreht ... und dann sagen sie ... also los, Büchse, komm, gehen wir."

„Die Büchse rollt", lachte El loco und kniete nieder, um seine Decke zusammenzulegen.

„Laß sie hier, wir kommen bald zurück."

El loco antwortete nicht. Er sah den Pfleger an, während er die Decke weiter zusammenlegte.

„Gefällt dir meine Decke nicht? Gefällt sie dir nicht? Sie ist schön, siehst du? Willst du sie haben?"

„Ich habe dir gesagt, du sollst sie hierlassen. Er gibt auf sie acht."

„Ist sie so häßlich, meine Decke, daß ich sie nicht mitnehmen darf?"

„Nein, sie ist nicht häßlich." Der Pfleger verlor langsam die Geduld. „Aber du mußt sie nicht zum Arzt mitnehmen. Der will dich sehen, nicht deine Decke!"

„Die Decke ist mit mir. Wenn ich hier bin, ist sie auch hier. Wenn ich weggehe, geht sie auch weg."

„Hab verstanden", seufzte der Pfleger, „gehen wir also!"

Er hob die Büchse auf und folgte dem Pfleger.

„Kommen wir bald zu Tiuna zurück?"

Der Mann drehte sich um.

„Wer ist denn Tiuna?"

„Er", sagte El loco und zeigte auf das Zimmer, aus dem sie kamen.

„Ach so, das Fröschlein! Wie hast du ihn genannt?"

„Tiuna."

„Heißt er denn so?"

„Für mich schon!"

„Und für die anderen?"

„Das weiß ich nicht. Du sagst Fröschlein zu ihm, weil es dir so gefällt. Glaubst du, daß der Name wichtig ist, den du ihm gibst?"

„Ja, das glaube ich."

„Deshalb nenne ich ihn Tiuna. Warum sagst du Fröschlein zu ihm?"

„Einfach so ..."

„Du sagst es freundlich. Hast du ihn gern?"

„Wen?"

„Das Fröschlein!"

„Ach hör doch auf. Wir sind da. Du könntest die Decke hier draußen lassen."

„Läßt du deinen weißen Mantel draußen?"

„Den Arbeitsmantel? Was soll denn das wieder heißen? Das ist doch die Spitalskleidung ... also, die ist einfach notwendig."

Es war wirklich schwer, dem Verrückten diese Dinge zu erklären.

„Dann ist die Decke also nicht notwendig?"

„Doch, aber nicht jetzt!"

„Warum? Gibt es einen Moment, in dem sie notwendig ist, und einen, wo sie es nicht ist?"

„Geh schon, geh, Büchse ... Guten Tag, Herr Doktor! Guten Tag, Herr Professor!" und der Pfleger verbeugte sich beflissen vor dem Primarius. „Das ist der Patient."

„Zieh ihm diese Fetzen aus", befahl der Arzt.

„Aber, Herr Doktor ..."

„Zieh ihn aus und sieh zu, daß er unter die Dusche geht. Dann wird ihn der Herr Professor untersuchen. Geh mit ihm."

„Aber, Herr ..."

„Was gibt's?"

„Er will nicht einmal die Decke hergeben. Ich glaube, es wird schwer sein, ihn auszuziehen!"

El loco legte Decke und Büchse in einer Ecke des Zimmers auf den Boden und streifte Hemd und Hose ab.

„Siehst du", lachte der Doktor und sah den Pfleger an, „er hat früher verstanden als du."

„Komm zur Dusche", sagte der Pfleger beleidigt.

Er führte ihn in das Badezimmer neben dem Untersuchungsraum, sagte ihm, er solle sich gut einseifen, und schloß die Tür hinter ihm. Dann erinnerte er sich an etwas und machte die Tür wieder auf.

„Die Schuhe! Zieh die Schuhe aus!"

El loco lächelte, während er auch die Schuhe abstreifte.

„... und diese Binde. Nimm diese Binde vom Kopf."

El loco sah ihn wie verloren an. Er verstand nicht, was geschah, aber etwas quälte ihn. In seinem Blick las auch der Pfleger etwas Eigenartiges, Neues. Und der Eindruck war so stark, daß er den Arzt rief.

„Kommen Sie, sofort ..."

Die beiden Ärzte kamen, und der Primarius fragte:

„Was hast du zu ihm gesagt?"

„Ich habe nur gesagt, er soll die Binde abnehmen, Herr Professor, nur das."

„Wie hast du es gesagt?"

„Ganz normal, so wie ich jetzt mit Ihnen spreche!"

„Sag es noch einmal!"

Der Pfleger schluckte, dann sagte er:

„Nimm die Binde vom Kopf – Büchse", fügte er noch hinzu, als ob er ihm sagen wollte, daß er ihn verstand.

El loco versuchte die Hände zu heben, aber irgend etwas hinderte ihn daran.

„Nimm die Binde ab", sagte der Professor ruhig.

El loco versuchte es wieder, rührte die Binde aber nicht an.

Auf ein Zeichen des Primarius ging der Pfleger zu El loco und nahm ihm mit bisher nie geübter Zartheit die Binde ab.

El loco begann zu schwanken. Die weit gegrätschten Beine standen unbeweglich. Nur sein Rumpf schwankte, vor und zurück, vor und zurück, als ob er einem inneren, ansteigenden Rhythmus folgte.

Der Pfleger sah ihn genau an, berührte ihn nur mit einem Finger und flüsterte dem Primarius zu:

„Die Garrotte!"

„Was?"

„Garrotte, Herr, Garrotte!"

„Aber die wird doch bei uns nicht benützt!"

„Im Spital nicht, Herr Professor!"

„Was heißt im Spital? Ich spreche von draußen! Das ist doch eine spanische Strafe ..."

„Und doch ..."

Die beiden Ärzte betrachteten, berührten, untersuchten genau. Sie versuchten den Kopf von El loco festzuhalten, um besser zu sehen. Der Mann schwankte noch immer vor und zurück.

„Ist dieser Mann ein Spanier?" fragte der Primarius den Assistenten.

„Soweit wir wissen, ist er ein Indio."

„Ein Indio? Ist das sicher?"

„Ganz sicher. Aber ... wie kann man einer Sache schon wirklich sicher sein?"

„Ja, auch das stimmt. Aber es ist doch eindeutig!"

„Garrotte!"

„Für einen Indio?"

Für einen Indio war wahrscheinlich sogar die Garrotte noch zuviel.

„Es sieht so aus."

„Eigenartig ..."

„Herr Professor ...", der Arzt zögerte.

„Ja?"

„Vielleicht, wenn wir dem Patienten die Narbe zeigen ...?"

„Richtig. Er konnte die Binde nicht abnehmen. Das bedeutet, daß er sich an irgend etwas erinnert, etwas steckt in seinem Unterbewußtsein ... einen Spiegel, bring einen Spiegel."

Der Pfleger lief davon.

Die Ärzte sahen El loco an, der immer noch schwankte.

„Nimm die Binde ab, nimm die Binde ab", wiederholte der Professor.

El loco schwankte schneller und schneller.

„Siehst du, wie er reagiert?" sagte der Professor zum Assistenten. „Es genügt, daß man von der Binde spricht. Man müßte herausfinden, ob er diese Reaktion auch hat, wenn er angezogen ist ... der Pfleger soll ihn wieder anziehen."

Der Arzt nickte.

Als der Pfleger mit einem großen Spiegel zurückkam, ärgerte er sich über den neuen Befehl. Aber der Primarius war da, und der Primarius befahl.

Er half El loco beim Anziehen.

„Binde ihm das Tuch wieder um."

Er nahm das Tuch und band es um die Narbe. Augenblicklich hörte El loco auf zu schwanken. Er kam aus dem Badezimmer und hockte sich neben seine Decke auf den Boden.

Die beiden Ärzte berieten in einer Ecke des Zimmers. Der Pfleger beobachtete sie und Büchse, wie er ihn bei sich nannte. Er beruhigte sich langsam. Man sah es an seinen Augen.

Auch die Ärzte mußten seine Augen beobachtet haben, denn sie warteten, bis er völlig ruhig geworden war, bevor sie sprachen.

Als El loco seine Büchse in die Hand nahm, befahl der Primarius mit erhobener Stimme:

„Nimm die Binde ab!"

„Nein!" Der Schrei ließ den Pfleger erschauern.

„Nein, nein, nein", wiederholte El loco und begann mit den Füßen zu stampfen.

„Nimm du sie ihm bitte ab", befahl der Primarius dem Pfleger.

Der Mann gehorchte zögernd.

Nachdem ihm die Binde abgenommen worden war, stampfte El loco weiter mit den Füßen, und sein Blick verlor sich irgendwo.

„Jetzt halte ihm den Spiegel vor“, die Stimme des Professors war zu einem Flüstern geworden, „sag nichts.“

Der Pfleger gehorchte und versuchte, kein Geräusch zu machen.

Der Primarius und sein Assistent beobachteten aufmerksam.

El loco stampfte noch immer mit den Füßen, als ob er einen Rhythmus schlagen wollte, den nur er allein hören konnte. Dabei wiederholte er eintönig: „Nein, nein, nein ...“

Dann sah er sich plötzlich im Spiegel. Sekundenlang starrte er sein Spiegelbild an, dann fuhren seine Finger zur Narbe und gruben sich, in dem Versuch, sie herunterzureißen, in die Haut. Er schrie, schrie und wälzte sich auf dem Boden, während er versuchte, die Narbe, die ihn krönte, wegzureißen. Er spuckte, klapperte mit den Zähnen und schrie, schrie immer lauter. Der Professor setzte sich zu ihm, versuchte, ihn aufzurichten. Schließlich packte er ihn an den Armen und hielt ihn mit Hilfe des Assistenten und des Pflegers fest.

Da begann El loco zu weinen, starrte vor sich hin und sah die Menschen um ihn gar nicht.

„Nehmt das Seil weg“, stöhnte er, „nehmt das Seil weg ... mein Kopf, mein Kopf zerspringt ... nehmt das Seil weg, nehmt es weg.“ Er schrie wieder, schreckliche, beängstigende Schreie. „Nehmt es weg, nehmt es weg“, flehte er.

„Wir haben es weggenommen“, antwortete der Professor freundlich. „Sei ruhig jetzt.“

„Ich bin ruhig, ich bin ruhig, aber das Seil ... warum das Seil? Warum? Nehmt das Seil weg, bitte, nehmt das Seil weg ...“

„Es ist weg!“

„Weg? Weg? Das Seil, verdammt, das Seil ... mein Kopf, mein Kopf, er zerspringt, er zerspringt ...“

Ein Schrei.

Der Pfleger wurde blaß.

Nicht einmal ein tödlich getroffenes Tier hätte so geschrien.

Ein paar Minuten konnten sie nicht sprechen. Dann murmelte der Assistent:

„Es muß schrecklich gewesen sein."

„Ja", sagte der Professor, „sicher … sei ruhig. Das Seil ist nicht mehr da. Sei ruhig, Freund."

„Freund … ruhig … Freund … ruhig … nimm das Seil weg, nimm das Seil weg, Freund." El loco weinte jetzt verhalten, ruhig. „Ich will das Seil nicht, ich will nicht vergessen … warum darf ich nicht lesen? Warum?"

„Natürlich darfst du lesen", beruhigte ihn der Primarius.

„Warum preßt du dann meinen Kopf zusammen? Warum sagst du, daß du mir das Gehirn herauspressen wirst? Warum willst du herauspressen, was drin ist?"

Die beiden Ärzte sahen sich erstaunt an.

„Du kannst lesen?" fragte der Assistent.

„Fängst du wieder damit an? Fängst du wieder an?" schrie El loco, „jetzt fangt ihr wieder damit an … ja, ich kann lesen, ich kann lesen, ich kann lesen … ja, ja, ja, und ich kann schreiben, schreiben … und ich weiß alles, alles, was du nicht weißt, alles, was du möchtest, daß ich nicht weiß … und jetzt zieh es fest, zieh es nur fest, es kommt doch nichts heraus, zieh … nein!"

Die Hände versuchten, sich in den Boden zu krallen, bis die Nägel brachen.

„Wir wollen dir nicht weh tun, sei ruhig", wiederholte der Professor freundlich.

„Sei ruhig, sei ruhig", jammerte El loco, „sei ruhig …"

„Nimm den Spiegel", befahl der Primarius dem Pfleger, „und gib mir die Binde."

Er band sie ihm selbst vorsichtig um und bedeckte die Stirn des Indios.

„Eine Injektion", sagte er als Antwort auf die stumme Frage des Assistenten.

Der Arzt machte die Injektion, und kurz darauf beruhigte sich El loco.

„Bring ihn auf sein Zimmer", murmelte der Primarius und setzte sich müde hinter den Schreibtisch.

„Er muß vor Schmerz verrückt geworden sein, der arme Teufel", sagte er dann zum Assistenten, „was wollen Sie jetzt noch?"

„Man hat ihn nach dem Aufstand auf der Hochebene hierhergebracht."

„Ist er dort so zugerichtet worden?"

„Das glaube ich nicht, Herr Professor. Die Narbe ist alt, zu alt. Und im amtlichen Bericht wird er als Verrückter, als Wahnsinniger, bezeichnet."

„Wer weiß, wer ihm das angetan hat ... aber warum hat man ihn zu uns gebracht? Ist er gewalttätig?"

„Nein. Er ist ... ein Aufrührer!"

„Was ist er?" Der Primarius sah den Assistenten verstört an. „Der soll ein Aufrührer sein? Ein armer Irrer ist er, kein Rebell."

„Die Behörden verlangen, daß er in das Irrenhaus für Kriminelle gebracht wird. Sie schreiben ...", der Arzt suchte eine Akte, blätterte sie durch und nahm ein Blatt heraus, „da ist es: Aufrührer und Rebell ... staatsgefährdendes Subjekt, Angehöriger revolutionärer Gruppen, Angehöriger bewaffneter Banden. Hat am Aufstand von San Sebastian teilgenommen. Hat die Polizei lächerlich gemacht ... und so weiter und so weiter ... unterzeichnet: Der Richter, der Präfekt ... und viele Stempel."

„Aber wovon reden die eigentlich?"

„Von dem Verrückten, Herr Professor."

„Wenn er auch nur die Hälfte von dem getan hat, was die da schreiben, dann bin ich hier der Verrückte."

„So steht es aber hier."

„Die sehen doch Aufständische sogar unter den Versuchskaninchen. Sie haben doch auch die Reaktionen gesehen von dem ... wie heißt er eigentlich?"

„Er hat keinen Namen. In dem Bericht heißt es, er sei in

San Sebastian unter dem Namen ‚El loco' bekannt. Aber niemand weiß, woher er kommt und wie er wirklich heißt."

„Und das soll der gefährliche Revolutionär sein, den man ins Irrenhaus für Kriminelle sperren will?"

„Ja, das will man."

„Also gut, meinetwegen ... Wer ist jetzt dran?"

„Da wäre diese Frau ..."

„O nein, nicht heute. Dieser Verrückte hat mich ganz kaputtgemacht. Ich will heute niemanden mehr sehen."

„Sehr wohl, Herr Professor."

„El loco nennen sie ihn? Tja, man muß ihm den Kopf zerbrochen haben. Armer Hund, wer weiß, warum ..."

Zwei Tage lang „lebte" El loco nicht. Er war völlig abwesend, sah nichts und niemanden. Er aß auch nicht mehr.

Am dritten Tag nahm er die Büchse, stellte sie vor sich auf, hockte sich mit den Schultern gegen die Wand auf den Boden, nahm einen Stein aus der Tasche und warf.

Das Kind wurde sofort wach.

„Servus", rief der Bub.

„Servus", lächelte El loco, „Servus, Tiuna!"

„Ja, Tiuna. Erkennst du mich?"

„Warum soll ich dich nicht erkennen?"

„Du warst krank, weißt du?"

Einen Augenblick lang spannte und verdunkelte sich das Gesicht El locos, dann sagte er:

„Wenn du es sagst, dann war ich sicher krank. Aber ich kann mich nicht erinnern."

„Umso besser, dann denkst du nicht mehr daran."

„Wie war's bei dir?"

„Ich ...", das Kind wußte nicht, ob es die Wahrheit sagen sollte. „Ich ..."

„Sprich nur, Tiuna", machte El loco ihm Mut.

„Ich ... na ja, das übliche."

El loco gab ihm einen Stein. Tiuna hockte sich neben ihn

und warf. Daneben.

„Siehst du? Ich bin nicht so gut wie du."

„Versuch's noch einmal. Ist Weißer Mantel gekommen?"

„Ja, er kommt noch immer."

„Schreit er noch mit dir?"

„Nein. Er schreit nicht mehr. Er schaut dich an und ... und ... Weißt du, daß er mich jetzt Tiuna nennt? Er sagt nicht mehr Nummer 15, und er sagt auch nicht mehr Frosch zu mir."

El loco lächelte.

„Frosch ist auch ein schöner Name."

„Meinst du das ernst?"

„Jeder Name ist schön. Es kommt nur darauf an, wie man ihn sagt."

„Wenn du mich Frosch nennst, freue ich mich."

„Jetzt gehen wir hinaus."

„In den Garten? Wird man das denn erlauben?"

„Warum nicht?"

Man erlaubte ihnen nicht, in den Garten zu gehen. Es war gefährlich.

Tagelang beachtete niemand El loco. Der Pfleger kam Tiuna holen, nahm ihn mit und brachte ihn ein paar Stunden später wieder zurück.

Wenn das Kind zurückkam, war es meistens müde und traurig. Es schlief dann oft bis zum Abend, ohne zu essen. Sie hörten erst auf, als das Kind Fieber bekam. Der Pfleger gab ihm Injektionen, wechselte seine Kleider und versuchte, es zu füttern. Zuerst nahm Tiuna nichts vom Pfleger. Er wollte, daß El loco ihn fütterte. Aber El loco sagte, Weißer Mantel sei viel geschickter, und da ließ Fröschlein sich doch von ihm füttern. El loco besah sich diese Szene glücklich. Weißer Mantel fütterte das Kind sehr aufmerksam und machte sich Sorgen, wenn er sah, daß es nicht essen wollte.

„Iß eben nicht, iß nicht! Glaubst du, das macht mir etwas?

Sprüche vom Sparen

Einem Armen Sparsamkeit zu empfehlen …

... das ist so unanständig, als wollte man einem Ertrinkenden raten, weniger Wasser zu schlucken.

Man muß etwas haben, um davon sparen zu können, denn man will sparen, um etwas davon zu haben.

Schau, wie du selbst wieder gesund wirst! Im Bett wirst du bleiben und ... na ja, ist ja deine Angelegenheit."

Die Worte waren rauh, aber die Stimme klang besorgt.

El loco warf Steine in die Büchse und lächelte, scheinbar gleichgültig gegen seine Umgebung.

Eines Morgens kam der Pfleger mit verbittertem Gesicht.

„Fröschlein", murmelte er, „wir müssen gehen."

Das Kind sah erst ihn an und drehte sich dann nach El loco um.

El loco drehte sich weg. Zum erstenmal sah er das Kind nicht an, sagte ihm nichts.

„Kann ich ... kann ich bleiben?" flehte das Kind Weißen Mantel an.

„Nein, das geht nicht, du mußt mitkommen. Aber es dauert nur einen Augenblick, glaub mir. Ich werde bei dir sein."

Das Kind stand auf.

„Servus, Büchse", schrie es, „ich komme gleich wieder."

El loco antwortete nicht und warf auch keinen Stein. Der Pfleger drehte sich deshalb nach ihm um und sah ihn an.

„Du fühlst es, nicht wahr?" fragte er, ohne eine Antwort zu erwarten.

Das Kind gab ihm die Hand.

Es war das erste Mal, daß es ihm die Hand gab. Er fühlte sich innerlich zerrissen und drehte zweimal um, bevor er, zögernd, auf den Raum zuging, in dem der Arzt wartete.

„Sei stark, Fröschlein", sagte er vor der Tür, „ich warte heute hier auf dich. Ich kann nicht bleiben, ich hab zu tun und außerdem ... muß ich ein Spielzeug für dich holen. Ich habe ein Spielzeug für dich."

„Wirklich? Ein Spielzeug für mich ganz allein? Gibst du es mir gleich? Und es gehört mir? Wirklich mir? Kann ich es auch behalten? Oder ist es so etwas wie der Stoffhund, den du immer mitnimmst?"

„Es ist dein Spielzeug, nur deins, Fröschlein. Ich gehe es jetzt holen, und wenn du wieder herauskommst, gebe ich es dir. Servus, und … ja, geh, geh!“

Er versuchte hart zu bleiben.

Das Kind trat lächelnd in den Raum. Ein Spielzeug für ihn ganz allein …

Der Pfleger schloß die Tür des Laboratoriums. Seine Hände und auch seine Lippen zitterten.

Als jemand nach ihm rief, brüllte er: „Ich bin nicht da, ich bin nicht da, verstanden? Ich hab zu tun, zum Teufel noch einmal, diese Schweine, diese niederträchtigen Schweine …“

Und schluchzend flüchtete er in das Zimmer, wo El loco saß.

Büchse saß noch immer in derselben Stellung wie vorhin.

Er schwankte vor und zurück, und wenn sein Kopf nach hinten fiel, skandierte er: „Tock … tock … tock“, ganz trocken, sodaß es weh tat, ihm zuzuhören. So als würde man seinen Kopf gegen einen großen Blechkanister stoßen … Er sah, wie harte, grobe, starke Hände seinen Kopf gegen einen großen Kanister stießen, gegen einen von diesen riesigen Benzinbehältern … und bei jedem Stoß zersprang sein Kopf, und sie versuchten, ihn mit einem Seil zusammenzuhalten … mit einem Seil um seinen Kopf, das sich in die Stirne grub, tiefer, immer tiefer …

Nein, er mußte fliehen, fliehen … aber sie hielten ihn ja fest … dann mußte er eben ein Loch in den Boden graben, sich dort verstecken … Die Hand kratzte auf dem Zimmerboden, immer schneller, bis die Haut aufplatzte und blutete …

„Büchse“, rief ihn der Pfleger.

Aber dann sah er die abwesenden, leeren Augen El locos.

Nur das Schaukeln und das monotone tock, tock und diese Hand, die versuchte, die Fliesen des Zimmerbodens aufzureißen, zeigten, daß er lebte. Der Rest war gar nicht hier, war weit weg.

„Sei froh, daß du nichts siehst“, brummte der Pfleger, „du weißt wenigstens nicht, was sie ihm antun, diese … diese …“

Es machte ihn verlegen, daß er nicht wußte, als was er die,

die bis vor wenigen Tagen noch seine Götter gewesen waren, bezeichnen sollte. Und zugleich beruhigte es ihn ein bißchen. Wieder sah er den Verrückten an.

„Sprich!“ sagte er. „Sprich! Du kannst alles sagen, wenn du nur willst. Du läßt einen die Dinge sehen ... oder haben sie dich auch im Spital geheilt? Und haben dich so zugerichtet? ... Aber was kannst du schon verstehen? Verrückt bin nur ich selbst, wahnsinnig werde ich noch. Ich ... ich, der Oberpfleger, ich ... ich selbst habe dem Frosch die Injektionen gegeben, ich selbst habe ihn gefoltert, um seine Reaktionen zu beobachten ... ich, verdammt, ich selbst ... Ich verstehe überhaupt nichts mehr ... Warum kann ich es jetzt nicht mehr tun?“

El loco schrie und sprang auf.

Es dauerte nur einen Augenblick, dann hockte er sich wieder auf den Boden.

Kurz darauf rief jemand nach dem Pfleger. Er sollte das Kind holen.

„Und bring eine Tragbahre“, rief man.

Er rannte und riß die Tür zum Laboratorium auf.

Das Kind lag festgebunden auf dem Untersuchungstisch. Die Reste eines menschlichen Wesens. Es atmete kaum merklich, die Augen waren zugeschwollen, und das Gesicht war so bleich, daß die Adern wie schwarze Striche hervortraten.

Er löste die Gurten so vorsichtig, als ob sie es wären, die den Kleinen quälten. Dann strich er mit den Fingerspitzen über Wangen und Augen des Kindes. Er schob einen Arm unter den Kopf und den anderen unter die Beine des Buben und hob ihn ganz vorsichtig auf.

„Gib ihm nicht vor vierundzwanzig Stunden etwas zu essen“, befahl der Arzt, der ins Zimmer trat und sich die Hände abtrocknete. „Wenn du siehst, daß irgend etwas nicht in Ordnung ist, hole mich. Laß ihn, wenn möglich, nicht sterben. Der heutige Versuch ist wichtig.“

Der Mann sah das Kind an. Die Augen taten ihm weh.

Ohne zu antworten, ging er langsam aus dem Zimmer. Er legte das Kind nicht auf die Tragbahre ... er ging langsam und vorsichtig, bis zum Bett.

El loco sah ihn an und stand auf.

Der Pfleger legte ihm die zarte Last in die Arme.

„Halte das Fröschlein einen Augenblick lang", murmelte er und rannte davon. Er kam mit zwei Leintüchern zurück.

„Der Kleine wird glücklich sein, er hat noch nie Leintücher gesehen."

Er machte außerordentlich schnell und geschickt das Bett. Dann nahm er den Kleinen und legte ihn zwischen die duftenden Tücher und steckte ihm die Decke fest.

„Die Sonne scheint, Weißer Mantel", sagte El loco, „die Sonne scheint, siehst du?"

Aber dabei sah er Tiunas Gesicht an.

Der mußte wirklich verrückt sein. Der Himmel vor dem Fenster war bleiern.

„Schön ist die Sonne", antwortete der Pfleger.

„Schön, schön ... sie leuchtet in dir. Siehst du das viele Licht?"

„Tiuna!" sagte der Pfleger.

„Ja, Tiuna. Tiuna schläft, und später wird er wieder lachen. Weil du jetzt willst, daß er lebt."

Der Mann sah El loco an und murmelte dann mehr zu sich selbst als zu dem armen Irren, der neben ihm stand:

„Wenn alle so wären wie du, wäre die Sonne immer da. Du hast mich verändert, Freund, innerlich ganz verändert. Und jetzt hoffen wir, daß Fröschlein es schafft."

El loco lächelte.

„Er wird lachen, er wird lachen ... Du kannst jetzt gehen, andere warten auf dich!"

„Wenn etwas ist, dann ruf mich." Und während er es sagte, dachte er, daß es eigentlich unsinnig war, das Kind einem Verrückten anzuvertrauen. Das Fröschlein in diesem Zustand, und ... Aber Büchse fühlte die Dinge besser als irgend jemand sonst.

„Verstanden, Büchse? Wenn du etwas fühlst, rufe mich!“

„Ja, Freund!“

Er blieb wie angewurzelt stehen. Nie hatte er ihn Freund genannt, immer nur Weißer Mantel. Neugierig fragte er ihn:

„Nennst du mich nicht mehr Weißer Mantel?“

„Das bist du jetzt nicht mehr.“

Vierundzwanzig Stunden lang röchelte der Kleine, spuckte und schwitzte. Er war bewußtlos, sagte kein Wort.

El loco trocknete ihm den Speichelfaden, der aus dem linken Mundwinkel hinunterfloß. Er trocknete auch den Schweiß auf der Stirn, auf dem ganzen Gesicht, auf den Händen des Kindes. Er deckte ihn zu und erfrischte ihn dann wieder.

Vierundzwanzig Stunden lang.

El loco und Weißer Mantel. Einmal der eine, dann der andere. Lange, langsam und qualvoll verrinnende vierundzwanzig Stunden.

Dann setzte El loco sich auf den Boden. Es sah aus, als ob er schliefe.

Plötzlich hörte der Pfleger das Klingklang eines Steins, der auf dem Boden der Büchse aufschlug.

Er drehte sich um.

El loco lächelte.

„Er schläft jetzt gut“, sagte er.

Und das Kind schlief wirklich.

Drei Stunden lang war kein anderes Geräusch als das Klingklang der Steine El locos zu hören. Aber diesmal störte das Geräusch Weißen Mantel nicht. Im Gegenteil ...

Mehr als eine Woche verging, bevor Tiuna wieder zu sprechen begann., Auch dann waren es noch keine richtigen Worte, sondern nur gutturale Laute.

Und eine weitere Woche verging, bevor er erlaubte, daß

sich ihm jemand näherte, der einen weißen Mantel trug. Wenn der Arzt zur Visite kam, begann das Kind am ganzen Körper zu zittern und streckte die Arme nach El loco aus.

In dieser Woche konnte sich niemand dem Kleinen nähern außer „sein“ Pfleger. El loco erlaubte es nicht. Nicht, daß er irgend etwas gesagt hätte, aber sein ganzer Körper schien böse zu knurren.

Da rief der Arzt eines Tages den Pfleger zu sich.

„Morgen wirst du Büchse aus dem Zimmer von Nummer 15 wegbringen. Lege ihn mit Nummer 52 zusammen. Und bereite Nummer 15 für den nächsten Eingriff vor.“

„Aber er ist doch noch so ...“

„Glaubst du, daß du das besser weißt als ich? Ich sage dir, daß man es machen kann!“

„Aber er wird an diesem Eingriff sterben!“

„Wenn er stirbt, werden wir wissen, welche Dosis man nehmen muß, um diese Krankheit zu heilen.“

„Aber ... könnte man es nicht an einem Tier ausprobieren?“

„Schon geschehen. Aber, gibt's denn ein besseres Versuchskaninchen als ihn?“

„Aber er ist doch ein Kind!“

„Er ist Nummer 15, vergiß das nicht. Er hat niemanden. Eigentlich ist es für ihn besser zu sterben, als ganz allein auf der Welt dazustehen. Und wer sagt denn, daß er stirbt? Wir wollen ihn heilen. Und mit ihm Tausende, Millionen Menschen ... Verstehst du, wie wichtig dieser Versuch ist?“

„Ich verstehe nur, daß ihr ihn verrückt machen wollt, um dann seine Krankheit zu heilen. Aber er ist ...“

„So ist das eben. Es ist besser, einen einzigen zu opfern und dann viele zu heilen, als viele leiden und sterben zu lassen. Morgen, punkt sieben, bringst du ihn ins Laboratorium, verstanden?“

Weißer Mantel antwortete nicht. Er senkte nur den Kopf.

Sobald er Zeit hatte, ging er geradewegs zu El loco.

„Verstehst du mich, wenn ich dir etwas Wichtiges sage?“

El loco lächelte.

„Verstehst du mich, oder nicht?“

„Was hat der Doktor von dir verlangt, daß du so zitterst?“ fragte ihn El loco.

„Morgen ... sie wollen Tiuna morgen wieder ... Aber ich ... Hör zu, ich habe gedacht, daß, wenn du ... wirst du aber dazu imstande sein?“

„Wenn du zu mir sprichst, heißt das, du denkst, daß ich es kann. Hör jetzt du mir zu: Nimm an, du hinkst und dein Haus brennt. Könntest du dann laufen?“

„Natürlich würde ich laufen, auch wenn ich hinke.“

„Na, dann ...“

„Ich habe verstanden, Büchse, ich habe verstanden. Gut. Ich werde ein paar Sachen vorbereiten, die du mitnehmen kannst. Und ein bißchen Geld ... Für ihn, nicht für dich“, fügte er schnell hinzu, als er sah, daß El loco etwas sagen wollte. Mit El loco wußte man nie so genau, woran man war. Zu ihm sagte man immer auch das, was man gar nicht sagen wollte. „Um zehn, wenn Schichtwechsel ist, komme ich dich holen. Deck ihn gut zu. Einverstanden?“

El loco lächelte.

„Willst du nicht mehr wissen? Willst du nicht wissen, wohin ich euch bringe?“

„Kommst du mit uns?“

„Nein. Ich bringe euch zu einem Freund. Er wird euch mit dem Lastwagen bis Andusia bringen. In dein Dorf kann er dich nicht fahren. Aber du wirst jemanden finden, der dich hinbringt ... der Autobus müßte auch noch verkehren.“

„Ich werde jemanden finden, Freund.“

„Um zehn also, und deck ihn gut zu.“

„Um zehn.“

Der Lastwagen erreichte Andusia am nächsten Abend.

Der Mann war Tag und Nacht gefahren und nur selten stehengeblieben. Während der ganzen Fahrt hatte er mit einem Auge die Straße und mit dem anderen El loco beobachtet. Von Zeit zu Zeit hatte er sich bekreuzigt, ganz schnell und heimlich, damit es der Verrückte nicht sah. Sein Freund, der Pfleger, hätte ihm diese Qual wirklich ersparen können. Zwei Verrückte nach Andusia zu bringen, war gar nicht so einfach. Aber der Pfleger hatte ihm ein großzügiges Trinkgeld gegeben, und damals, als er krank gewesen war, hatte er ihm die Injektionen gemacht ... Es war auf jeden Fall besser, ihn zum Freund zu haben. Man konnte schließlich nie wissen ... Wenn er wieder krank wurde, hatte er jemanden, der ihm die Injektionen machte, ohne Geld dafür zu verlangen.

Trotzdem. Ihm einfach zwei Verrückte anzuvertrauen ... Und was, wenn sie einen Anfall bekamen?

Erst als er El loco mit dem Kind auf dem Arm verschwinden sah, atmete er erleichtert auf, gab Gas und fuhr davon.

El loco überquerte den Platz und ging um die Kirche herum, bis er die Tür fand. Dann klopfte er.

Er überreichte dem Pfarrer, der ihm öffnete, das Kuvert, das Weißer Mantel ihm gegeben hatte.

Der Pfarrer las, sah El loco an und fragte, während er ihn einließ:

„Hector schickt dich also?"

„Weißer Mantel!"

„Wer?"

„Weißer Mantel!"

„Der Pfleger?"

„Ja!"

„Hector, er heißt Hector! Und das hier ist das Kind?"

„Ja, das Kind."

Er führte sie in die Küche.

„Bist du hungrig?" fragte er.

„Ja, er auch."

Der Pfarrer nahm den Topf mit Reis und wärmte ein bißchen Fleisch.

„Setz dich. Wenn der Kleine etwas braucht ...“

„Milch.“

„Ah, ja, gleich hole ich Milch. Besser warme, nicht wahr?“

„Besser warme.“

El loco begleitete Tiuna ins Badezimmer. Der Kleine begutachtete alles ängstlich und erstaunt.

Der Pfarrer wartete, bis sie gegessen hatten, dann bot er El loco eine Zigarette an.

„Warum hat Hector dich zu mir geschickt?“

„Er hat mich zu einem Freund geschickt. Bist du der Freund?“

„Ja, ich bin Hectors Freund.“

„Dann bist du auch mein Freund, denn ich bin bei dir.“

„Aber ...“ – der Pfarrer war verwirrt – „aber ... wo willst du hin?“

„Nach San Sebastian. Morgen.“

„Aber niemand fährt nach San Sebastian. Man kann nicht mehr nach San Sebastian fahren. Der Autobus verkehrt auch nicht mehr.“

„Gibt es San Sebastian noch?“

„Ja, aber wie willst du hinkommen?“

„Wenn es San Sebastian noch gibt, dann komme ich hin.“

„Die Polizei will das nicht.“

„Ich bin nicht die Polizei. Ich will es.“

Er wechselte besser das Thema.

„Ist der Kleine müde, will er schlafen?“

„Frag ihn doch selbst. Tiuna, er heißt Tiuna.“

„Tiuna, willst du schlafen gehen?“

„Ich will bei ihm bleiben, bei ihm ... Büchse, laß mich nicht allein, Büchse.“

„Büchse läßt dich nicht allein, Fröschlein. Sei ruhig. Komm, wir machen es uns bequem.“

Sie setzten sich auf den Boden. El loco stellte die Büchse vor sich hin und lehnte sich gegen die Wand. Das Kind legte den Kopf in seinen Schoß und sah ihn an.

Klingklang.

Der Pfarrer zuckte zusammen. Er verstand nicht, was vorging und wer die beiden waren, die Hector ihm da geschickt hatte.

„Aber ... auf dem Boden ... da ist es doch kalt."

Klingklang.

„Büchse", das Kind sprach ruckweise und zuckte von Zeit zu Zeit zusammen. „Der Mann ... dieser Mann", und mit den Augen zeigte es auf den Pfarrer –

„Er ist mein Freund."

„Oh, dann ... später werde ich auch werfen!"

„Gut, einverstanden. Langer Rock, langer Rock ... Du lebst, weißt du?"

„Was sagst du da?" fragte der Pfarrer, dem es langsam ungemütlich wurde.

„Ich bin ... Büchse, und du gibst mir Reis und Fleisch. Er ist Fröschlein, und du gibst ihm Reis und Fleisch und warme Milch. Und jetzt bist du bei uns. Rauchen wir? Ich rauche nie, aber mit dir ist es schön. Wir sind zwei, und du nimmst uns in dein warmes Haus ... Warum erschrickst du, wenn ich sage, daß du lebst?"

Der Pfarrer verstand ihn nicht.

„Hector hat mich gebeten, euch zu helfen!"

„Und wenn es Hector nicht gäbe, hättest du uns dann auch geholfen?"

„Ja, ich ... ich glaube schon."

„Siehst du, Hector hat nichts damit zu tun. Du ..."

„Warum wirfst du Steine in die Büchse?"

El loco hörte einen Moment lang auf zu werfen, dann lächelte er.

„Und du, warum trägst du den langen Rock?"

„Ich trage ihn, weil ich ein Priester bin!"

„Was heißt das?"

„Ich bin ... Ich bin ein Priester ... ein ... ein Hüter der Religion. Aber wozu darüber sprechen. Hast du je Priester gesehen?"

„Ja, ich habe welche gesehen. In der Kirche und auch draußen. Mit den Leuten. Und sie sprechen."

„Was meinst du damit?"

„Sie sprechen! Sagen Worte, viele, auch schöne Worte. Sie geben Hoffnung, schade."

„Warum schade? Mit der Hoffnung geben sie auch Lebenskraft!"

„Aber sie helfen nicht, besser zu leben. Sprichst du?"

„Wenn du meinst, ob ich predige, dann ja, ich spreche. Aber ich versuche auch zu tun, was ich sage."

Das Kind schrie, und der Pfarrer zuckte zusammen.

„Was ist los?" fragte El loco freundlich.

„Weg, bring mich weg, weg ..."

„Wir sind schon weit weg."

„Sie packen mich, sie packen mich ... Büchse, hilf mir! Keine Injektion, nicht die Injektion ..."

„Sei ruhig! Sing, sing mit mir."

Der Pfarrer wußte nicht, was er tun sollte.

„Ich will nicht! Ich will nicht!" Tiuna schlug die Zähne aufeinander und zitterte. Weißer Schaum trat auf seine Lippen.

„Kann ich dir helfen?" fragte der Pfarrer El loco.

„Du hilfst mir schon. Es geht gleich vorüber, du wirst sehen!"

Das Kind schrie wieder, krümmte sich zusammen, schlug mit den Fäusten auf den Boden, wälzte sich hin und her, spuckte und weinte.

El loco ließ es gewähren, tat nichts und sagte nichts, bis er sah, wie das Kind erschöpft und keuchend zusammensackte. Dann nahm er es in die Arme.

„Komm", sagte der Pfarrer.

Er führte ihn in ein kleines Zimmer, in dem ein schönes Bett stand. Er schlug das Bett auf und half mit, das Kind auszuziehen. Nachdem sie das Kind ins Bett gebracht und gesehen hatten, daß es ruhig einschlief, kehrten der Pfarrer und El loco in die Küche zurück.

Der Pfarrer stellte Teewasser auf.

„Wo wirst du schlafen, Langer Rock?" fragte Büchse.

„Mach dir keine Sorgen. Ich habe einen sehr bequemen Sessel. Und für dich ist der Diwan da …"

„Langer Rock schläft auf dem Diwan …"

„Hör mir zu … wie heißt du übrigens?"

El loco trommelte mit den Händen auf den Tisch und sah zur Zimmerdecke.

„Ich habe dich gefragt, wie du heißt!" wiederholte der Pfarrer.

Aber als er sich umdrehte, sah er die Augen El locos und erwartete keine Antwort mehr.

„Wart ihr bei Hector im Spital?"

El loco lächelte und sah dem Pfarrer wieder ins Gesicht.

„Wir waren bei Weißem Mantel. Er ist nett, dieser Hector!"

„Haben die Ärzte euch weggeschickt? Das finde ich nicht richtig, daß sie das tun. Der Kleine ist noch nicht gesund!"

Er sah El loco an und wollte hinzufügen: „Du auch nicht." Aber dann fehlte ihm der Mut dazu.

„Die Weißen Mäntel haben uns nicht weggeschickt. Hector hat uns geholfen, daß wir ins Dorf zurückkehren können."

„Wie? Ihr seid … ihr seid geflüchtet?"

„Nein, nein", El loco lächelte wieder, „wir sind nicht geflüchtet. Wir kehren nur ins Dorf zurück. Wir gehen nach Hause, wir flüchten nicht."

„Aber weißt du denn nicht, daß das gefährlich ist? Besonders für den Kleinen! Wenn euch die Polizei erwischt, gibt es Schwierigkeiten! Du kommst ins Gefängnis und …"

„Langer Rock, wenn einer aus Angst vor dem Regen immer zu Hause bleibt, ohne je wegzugehen, wird er nicht lange leben. Denn er wird verhungern, weil er Angst hat, naß zu werden."

„Wird schon stimmen, was du sagst. Aber ich kann einfach nicht zulassen, daß ihr beide, und vor allem der Kleine, krank werdet oder …"

Er wollte sagen: oder daß ihr jemandem etwas antut, denn er hatte jetzt verstanden, aus welchem Spital sie geflohen waren. Und wenn einer im Irrenhaus war, dann war er sicher nicht ganz normal. Er konnte doch nicht zwei Geisteskranken helfen! Er verstand nicht, warum Hector sie geschickt hatte, aber …

„Hör zu, Freund. Ich glaube, du verstehst, was ich dir sage. Ich will dich nicht betrügen, deshalb sage ich dir, was ich jetzt tun werde. Ich werde zur Polizei gehen und bitten, daß man euch in … in das Spital zurückbringt. Und das tue ich, weil ich euch helfen will. Ihr könnt nicht einfach so weggehen, wie zwei … wie zwei … und dann, das Kind … nein, das geht nicht."

El loco lächelte.

Warum er nur immer lächelte? Das war schrecklich.

„Langer Rock spricht. Das gefällt mir. Seine Worte sind wie Musik. Wohltuend. Beruhigend. Sprichst du von Fröschlein?"

„Ja."

„Weißt du, was er ist?"

„Ein Kind. Bist du sein Vater?"

„Momentan. Jetzt bist du es auch. Du hast ihm dein Bett gegeben."

„Kennst du seinen Vater?"

„Weißt du, aus welcher Wolke der Regen fällt? Der Regen fällt … tak, tak, tak … und Fröschlein auch. Tak – und da ist Fröschlein."

„Hat er auch keine Mutter?"

„Der Regen, Langer Rock, der Regen. Es regnet, und, tak, gibt es Fröschlein. Und du kannst ihn treten, kannst ihn allein lassen oder mitnehmen."

„Und du hast ihn mitgenommen, nicht wahr?"

„Ich will nie etwas nehmen oder haben. Er will mit mir

gehen, also gehen wir zusammen."

„Und weiter?"

„Weißt du jetzt, was er ist?"

„Ein Kind. Und wenn ich dich richtig verstanden habe, ist er eine Waise. Aber er ist krank."

„Krank?"

„Ja."

„Er glüht nicht und hat keine Wunden."

„Aber er ist doch krank."

„Ist er deshalb kein Kind mehr?"

„Ja, doch, aber ein krankes Kind."

„Krank? Aber wo?"

„Im ... im Kopf."

„Und was kann man dagegen tun?"

„Ihn zu den Ärzten bringen, die ihn heilen können."

„Ins Haus der Weißen Mäntel?"

„Ja, ins Spital."

„Richtig, wenn jemand krank ist, dann geht er zum Weißen Mantel. Ich war nicht krank, aber sie haben mich trotzdem zu den Weißen Mänteln geschickt. Weil ich die falsche Sprache sprach. Die Weißen Mäntel haben nie etwas gesagt, sie waren immer nett zu mir ..."

„Siehst du? Siehst du ein, daß es richtig ist, den Kleinen zurückzubringen?"

„Ich war mit ihm, Langer Rock. Sie lassen ihn jeden Abend singen und schicken ihn mit einem Stoffhund zu Bett. Sie binden ihn und den Hund fest. Weil er die Nummer 15 ist und man die Nummern nicht verwechseln darf. Es ist wichtig, eine Nummer zu sein. Sie geben ihm den Stoffhund und sagen ihm, er solle singen. Und er singt. Nummer 15 singt ... weißt du, warum man weint, während man singt?"

„Ich glaube, ich verstehe dich."

„Je mehr du singst, umso mehr weinst du innerlich, im Herzen, wirst du ein Stein, ein dummer Stein. Und alle behandeln dich wie einen Stein. Wie einen Stein, der nicht einmal gut genug ist, ein Loch zu stopfen. Wie einen wertlosen Stein ..."

Er richtete sich auf und stellte die Büchse vor sich hin.

„Wenn es richtig ist, Fröschlein zu den Weißen Mänteln zu bringen, dann werden wir es morgen gemeinsam tun, Langer Rock ..."

Klingklang.

„... gemeinsam, und keiner von uns wird weinen, denn es ist richtig so. Willst du meine Decke, Langer Rock? ... Ja, richtig, wo ist denn meine Decke?"

Klingklang.

„... ist egal, es macht nichts. Auf morgen."

Er kreuzte die Arme und senkte den Kopf.

Der Pfarrer blieb in der Stille allein.

Er konnte nicht schlafen. Gegen Früh weckte er El loco.

„Ein Freund fährt mit seinem Wagen in die Nähe von San Sebastian. Er hat sicher zwei Plätze frei. Ist es gut so?"

El loco lächelte.

„Langer Rock! Langer Rock! ... Du lebst, weißt du das?"

6

„Yajen! Yajen!“

Das Mädchen kam El loco glücklich entgegengelaufen.

„Yajen.“

Die Frauen sahen aus den Fenstern, stürzten dann auf die Straße, berührten und umarmten ihn.

„Yajen, mein Yajen, wann bist du zurückgekommen?“ Furiosa umarmte und streichelte ihn.

„Furiosa, Furiosa ...“ El locos Augen lachten, „du bist schön, sehr schön, und deine Augen sind wie Feuer ... wie ein Stück Himmel und Feuer ... Das hier ist Tiuna!“ sagte er mit erhobener Stimme und zeigte auf das Kind.

Alle schwiegen.

„Tiuna?“ fragte Furiosa, und in ihren Worten lagen viele Fragen, Verwunderung und auch Erschrecken. Wie war das möglich ...?

„Tiuna. Wir beide sind hierhergekommen. Tiuna und ich.“

„Tiuna? ... du weißt es also? Aber wie kannst du es wissen, wo doch niemand hinausgekommen ist?“

„Ich habe keine Decke mehr, Furiosa.“

„Ich werde dir eine neue Decke machen. Aber wieso hast du gewußt, daß San Sebastian jetzt Tiuna heißt? Wir haben es Tiuna genannt, wir Frauen!“

„Hörst du, Fröschlein? Tiuna ist nach Tiuna gekommen. Was kann es Schöneres geben? Das hier ist deine Stadt, das sind deine Leute, kleiner Frosch ... Und das hier ist“, und er machte eine ganze tiefe Stimme, als ob er ihn erschrecken wollte, „das hier ist Furiosa!“

Da lachten alle.

„Du bist immer noch derselbe, Loco“, riefen die Frauen.

„Wem gehört dieses Kind?“ fragte Furiosa.

„Dir. Mir. Dir und mir. Uns allen. Gehört denn ein Kind irgend jemandem? Oder gehört es sich selbst?"

„Aber es muß doch jemanden haben!"

„Hat es denn niemanden? Schau doch, wie viele wir sind! Mamma Ticchiu, du hast doch Milch für das Fröschlein, nicht wahr?"

„Für Tiuna hat Tiuna alles!" antwortete die alte Ticchiu ernst, nahm das Kind bei der Hand und führte es weg.

„Loco, du bist noch immer derselbe. Wir dachten, sie hätten dich getötet, weißt du? Da haben wir geweint!"

„Um mich?"

„Um dich, alter Esel, um dich! Wir sind jetzt in Tiuna. Wir sind jetzt wir selbst, wir sind frei. Schau uns ins Gesicht, Yajen, schau uns doch an!"

El loco sah jede einzelne an, dann nahm er die Büchse und ... „Warte einen Augenblick, schau uns gut an!"

El loco lächelte und hockte sich auf den Boden.

„Ich bin in Tiuna, und Tiuna gehört allen, nicht wahr?"

Sie nickten mit dem Kopf, dann kehrten sie zu ihren Arbeiten zurück.

„Furiosa, setz dich. Deine Stimme ist wie eine Flöte ..."

Das Mädchen verstand, daß El loco alles wissen wollte. Sie setzte sich auf den Boden neben ihn. Und während sie sein Gesicht mit einem nassen Tuch säuberte und gut abtrocknete, damit die kalte Luft die Haut nicht aufriß, begann sie zu erzählen, was geschehen war.

Aber wie sollte sie ihm erklären, daß sie sich „innerlich", in ihrem Wesen, verändert hatten und daß niemand, auch sie selbst nicht, es richtig verstand?

Die Veränderung kam aus ihnen selbst. Sie hatten ihre Menschenwürde wiedergefunden.

„Wir sind jetzt nur wir selbst, verstehst du? Der Alkalde? Ja, der lebt noch immer! Und er ist wirklich anständig. Wir haben auch einen Lehrer. Nein, nicht die Lehrer von früher, die sind während des Aufstandes geflohen. Wir haben einen neuen Lehrer. Ich habe ihn geholt. Ich bin nach Alquebika gegangen. Er ist alt, das ist richtig, und er hat nicht mehr gearbeitet. Ich habe ihn gebeten zu kommen. Er ist zufrieden, und wir sind zufrieden. Wir lernen jetzt alle schreiben, Yajen. Alle. Jetzt können sie uns nicht mehr von der Gewerkschaft ausschließen. Weißt du, daß der Richter geflohen ist? Alle sind sie geflohen, auch Schwarze Brille, der Franzose..." Furiosa sprach mehr zu sich selbst als zu El loco, denn sie war überzeugt, daß er das alles ohnehin nicht verstand. Aber während sie sprach, wurden die Dinge auch für sie selbst klarer, und sie sah jetzt, wie sehr sie sich in der kurzen Zeit verändert hatten. Sie war sehr stolz darauf, und das gab ihr die Kraft, noch mehr zu tun. Und sie würde ihre neue Kraft auf die anderen übertragen, denn so war sie nun einmal: ein Funke, der alles entzündete.

„Auch die anderen sind dabei. Die Peones und sogar einige Aufseher haben die Grundbesitzer verlassen. Und auch die Bergarbeiter sind mit uns. Es gibt keine Gruben mehr..."

„Kein Dynamit mehr...", lachte El loco leise.

Furiosa sah ihn an, dann lachte sie.

„O doch, das gibt es noch! Wir sind jetzt alle Comuneros. Auch Doña Ida, die Bäckerin, ist geblieben. Und Jacopo, der Fleischer."

„Furiosa", sang El loco, „du bist wie ein Fluß. Deine Worte überschwemmen mich ... und ich habe nicht die Zeit, mir ein Versteck zu suchen. Du sprichst gut, weißt du? Und du sagst viel!"

Und das stimmte. Furiosa erkannte jetzt, daß sie sich auch hierin sehr verändert hatte. Auch die anderen hatten sich verändert, alle anderen. Früher waren sie alle verschlossen gewesen, schweigsam, mit den Worten geizig. Wozu sollten sie auch sprechen? Um sich über dieses Hundeleben zu unterhalten, das sie lebten? Dieses Leben, in dem man jeden Wunsch unterdrücken mußte, in dem man auf alles verzichten mußte, sogar darauf, sich als Mensch zu fühlen! Da war es doch besser, Gedanken und Wünsche wegzuschieben, auch vor sich selbst zu verstecken! Noch besser war es, gar nicht zu denken. Und damit die anderen nicht zu dir sprechen, machst du am besten ein dummes Gesicht! Jetzt aber sprachen alle. Alle wollten den anderen sagen, was sie dachten. Und es war gar nicht wichtig, ob die Dinge, die sie sagten, auch richtig waren. Es war nur wichtig zu sprechen, Ideen und Meinungen auszutauschen. Das hatte jetzt auch einen ganz konkreten Zweck. Denn sie bauten jetzt Tiuna auf, und jeder baute gleichzeitig auch an sich selbst.

Furiosa lächelte.

„Loco", murmelte sie, „dein Verrücktsein hat uns das Denken gelehrt. Es ist schon komisch, daß uns ein Verrückter zum Denken gebracht hat. Aber so ist es."

Und wieder stellte sie fest, daß El loco ihr nicht auf ihre Frage geantwortet hatte. Er hatte ihr eine Gegenfrage gestellt, die – wie immer – verrückt war, sie aber zum Nachdenken brachte.

„Warum hast du Tiuna mitgebracht?"

„Tiuna ist bei uns. Freust du dich nicht darüber? Er ist jetzt ein glückliches Fröschlein. Er lacht jetzt. Aber freust du dich denn nicht darüber?"

„Doch, ich freue mich!"

Das stimmte. Aber warum eigentlich? Worüber freute sie sich denn? Daß noch ein Kind mehr das wenige Brot der Comunidad essen würde?

„Yajen, wir werden einen Mann aus ihm machen", sagte sie.

El loco lächelte.

„Richtig", antwortete er, „du wirst einen Mann aus ihm machen."

„Ich? Warum denn ich?"

„Weil du Furiosa bist, und weil du es kannst!"

Das war's, was sie immer wütend machte! Dieses absolute Vertrauen El locos, dieser Glaube an die Kraft der anderen, mit dem er die Leute letzten Endes dazu brachte, zu tun, was er sagte. Das machte sie wütend und zog sie auch an. Abgesehen davon, hatte er recht: sie fühlte, daß sie es konnte. Und sie würde es auch tun, um den anderen zu beweisen, daß sie es konnte. Und vor allem El loco wollte sie es beweisen.

„Wenn ich aus ihm einen Mann machen soll, muß ich alles wissen“, sagte sie, „falls du mich verstanden hast oder verstehen willst, denn bei dir weiß ich nie, woran ich bin, erklärst du mir dann bitte, wer Tiuna ist?“

„Er war im Haus der Weißen Mäntel!“

„Dort, wo man dich hingebracht hat?“

„Er war dort. Die Weißen Mäntel sind freundlich. Sie haben viele Dinge, und sie wissen vieles. Sie können alles tun. Wirklich alles. Sie sind gescheit und freundlich. Alle verbeugen sich vor den Weißen Mänteln. Auch die Polizisten. Auch der Richter würde sich vor ihnen verbeugen, das weiß ich. Das ist wahr, weißt du? ... Nur die Decke ...“

„Ich werde dir eine neue Decke machen, eine schöne Decke aus Lamawolle, aus der Wolle unserer Lamas. Bitte, erzähle mir von Tiuna, sprich nicht von anderen Dingen!“

„Fröschlein war dort. Er war die Nummer 15. Hast du je einen Menschen Nummer 15 genannt? Oder Nummer 26? ... Die Weißen Mäntel rufen ihn also Nummer 15, aber sie wissen ja, warum sie das tun. Sie wissen alles. Und Nummer 15 muß jeden Abend singen. Fröschlein singt. Sie schicken ihn mit einem Stoffhund ins Bett und binden die beiden fest, ihn und den Hund. Er singt, aber du weißt, daß er innerlich, in seinem Herzen, weint. Und niemand hört, wie er weint. Sie hören nur seine Stimme, die singt. Und sie kurieren ihn. Und er schläft und singt und schreit und singt. Er weint und singt. Er ist die Nummer 15 und singt. Er ist nur ein kleines Ding, das singt. Und weil er ein Ding ist, binden sie ihn fest. Er könnte sonst verlorengehen ...“ Er schwieg eine Weile.

„Furiosa, vielleicht hätte man ihn bei den Weißen Mänteln lassen sollen?“

Furiosa antwortete nicht. Sie umarmte El loco und murmelte:

„Ich werde einen Mann aus ihm machen. Das schwöre ich dir, Yajen!"

„Ja, und warum heißt San Sebastian jetzt Tiuna?"

„Weil Tiuna das Morgenlicht bedeutet, Beginn eines neuen Tages, eines neuen Lebens."

„Und warum heißt Fröschlein, die Nummer 15, Tiuna?" fragte El loco.

Jetzt wußte Furiosa nicht genau, ob El loco sich in diesem Moment über sie lustig machte oder nicht.

„Büchse! Büchse!" schrie Tiuna, der auf der Suche nach seinem Freund durch die Gäßchen des Ortes lief.

Dann entdeckte er ihn neben der Kaserne, in der früher die Soldaten gewohnt hatten. In einer Hand hielt er einen Kübel, in der anderen einen großen Pinsel. Er ging die Mauer entlang, immer einen Schritt vor und zwei zurück, einen Schritt vor und zwei zurück, und manchmal blieb er stehen. Er lachte, bald still in sich hinein, bald laut und glücklich.

Ein Schritt vor und zwei zurück und eine Verbeugung.

Ein Schritt vor und zwei zurück und eine Verbeugung.

Und ein Lachen.

Der Hund war räudig und voller Krätze. Als er das Lachen hörte, setzte er sich, El loco zugewandt, auf seine Hinterpfoten. Das eine seiner Ohren hing hinunter, das andere hielt sich mühsam aufrecht, und die Zähne hatte er entblößt, als ob auch er lachte.

El loco steckte den Pinsel in den Kübel, drückte ihn dann gegen die Wand und nahm seinen Marsch wieder auf: einen Schritt vor und zwei zurück. Und an der Wand erschien eine Zickzacklinie und viele Farbpunkte, die immer dann entstanden, wenn er den Schritt wechselte. Die eine Wand der Kaserne zierte bereits eine fröhliche gelbe Linie, und da und dort waren große Farbflecken. Die Mauer war jetzt ganz lebendig, sie schien zu lächeln. Sie war nicht mehr traurig, nicht mehr streng und tot.

Das Kind blieb stehen, betastete die Farbe an der Wand und bekam gelbe Finger. Dann drückte es den gelben Finger wieder gegen die Mauer und hinterließ seinen Abdruck.

Das war lustig.

Das Kind ging auf El loco zu und fragte:

„Kann ich mitspielen, Büchse?"

El loco reichte ihm den Kübel.

Tiuna steckte die Hand hinein, zog sie voll Farbe wieder heraus und drückte sie ein paarmal nebeneinander an die Wand. Zurück blieb der Abdruck seiner zarten Hand. Die Finger waren dünne Striche, die Handfläche war ein großer Fleck. Und die wegspritzenden Farbtropfen bildeten einen Kreis rundherum, sodaß es wie eine aufgehende Sonne aussah. Die Strahlen, die sich in den Himmel streckten, machten daraus eine Sonne, die viele kleine Welten beleuchtete.

Es war lustig. El loco und das Kind wanderten fröhlich durch die Straßen und bemalten die Wände der kleinen schwarzen Häuser mit Linien und Sonnen.

Als sie die Farbe im Kübel aufgebraucht hatten, gingen sie zum Geschäft von Doña Ida. El loco spielte einen fröhlichen Marsch auf der Anthara, und der Kleine schlug auf seine Art mit den Händen den Rhythmus dazu. El loco sagte nichts zu Doña Ida. Er zeigte ihr nur den leeren Kübel. Die Frau runzelte die Stirn. Der Kleine hob seine gelbe Hand, und El loco lachte.

„Alles lebt ... Auch Tiuna!"

Die Frau verstand nicht, ob er von Tiuna, dem Kind, oder von Tiuna, der Stadt, sprach. Aber die beiden sahen so glücklich aus, daß sie kopfschüttelnd in ihr Lager ging und einen alten Farbtopf holte. Einen Topf voll Farbe, die niemand hatte kaufen wollen. In dem Topf war ein strahlendes, lebendiges, leuchtendes Rot, das sie einmal bestellt hatte, um ihr Geschäft zu streichen.

„Nimm, Yajen, und amüsier dich gut! Und du", rief sie, als die beiden sich auf den Weg machen wollten, „du komm her.

Hier hast du einen Pinsel. Man malt doch nicht mit den Händen!"

Das Fröschlein sprang ihr glücklich an den Hals, küßte sie und lief davon.

„Noch ein Verrückter!" murmelte die Frau und trocknete sich die Wange. „Ein zweiter Verrückter hat uns ja wirklich noch gefehlt, jetzt sind wir komplett!" Aber sie war froh und heiter, wie sie es schon lange nicht gewesen war.

El loco und Fröschlein zogen durch die Straßen des Städtchens, und wo sie vorbeikamen, tauchten zwei leuchtend rote Striche an den Mauern der Häuser auf.

Aus einem dieser Häuser trat die „Speichlerin". Wie sie wirklich hieß, wußte niemand, weil es niemanden interessierte. Man wollte mit ihr nichts zu tun haben. Sie brachte Unglück. Ihre Augen blickten leer, und sie sah einen nie direkt an, sondern immer von der Seite her. Sie sprach nie, wiederholte nur mühsam die Worte, die sie hörte, und man konnte vor ihr nie etwas erzählen, weil sie unweigerlich das letzte Wort wiederholte. Darüber hinaus war sie den Leuten unangenehm, weil sie für eine Frau viel zu groß war und karottenrotes Haar hatte. Für sie sprach nur die Tatsache, daß sie keine Indio-Frau war. Ihre Eltern waren Weiße, die vor langer Zeit mit den Leuten der Erzbaugesellschaft in die Stadt gekommen waren. Der Vater war ein Aufseher, kein guter und auch kein schlechter. Er war einfach ein Aufseher.

Wirklich abstoßend aber machte sie der Speichelfaden, der immer aus einem ihrer Mundwinkel floß. Und wenn sie – was selten geschah – auf die Straße ging, neigte sie den Kopf auf eine Seite, und der Speichel tropfte auf ihren Hals.

Deshalb hieß sie die „Speichlerin", und das war auch der Grund, weshalb ihr die Leute auswichen. Ihre Eltern schämten sich für sie und ließen sie nur selten aus dem Haus. In einem Land, wo eine Frau sich unbedingt unterwerfen mußte, war eine kranke, abstoßende Frau noch weniger wert als nichts.

Die „Speichlerin" war auf die Straße gelaufen, weil sie das

Lachen von El loco und Tiuna gehört hatte, und jetzt beobachtete sie die beiden aus dem Augenwinkel.

Sie sah, wie sie die Pinsel in die Farbe tauchten und dabei lachten. Sie sah, wie sie die Pinsel an die Wand drückten und gleichzeitig einen Schritt vor und zwei zurück machten, sodaß an der Mauer bunte Striche entstanden.

Der Speichel begann schneller aus ihrem Mund zu fließen. Das war ein sichtbares Zeichen für eine starke Gemütsbewegung.

Sie folgte den beiden und beobachtete sie weiter, immer noch aus dem Augenwinkel, als ob sie sie gar nicht sehen wollte.

Fröschlein bemerkte sie zuerst und packte die Hand El locos.

„Büchse!“ flüsterte er und wurde plötzlich ganz ernst. „Büchse, da ist eine rote Frau!“

El loco drehte sich um, sah das Mädchen und lächelte ihr zu. „Willst du mitspielen?“ lud er sie ein.

„S-pielen, s-pielen ...“, wiederholte die Speichlerin.

„Komm!“ El loco ging auf sie zu und streckte ihr den Pinsel hin.

„S-pielen“, wiederholte das Mädchen, wich aber zurück. Sie hatte Angst. Angst, die Jahre alt war, Angst vor den erhaltenen Schlägen, vor den angewiderten Blicken der Menschen, vor der Tatsache, sich anders zu fühlen.

„Komm“, wiederholte El loco lächelnd und nahm sie an der Hand.

Das Mädchen zögerte einen Moment lang, dann neigte es den Kopf, und der Speichel tropfte auf seinen Hals.

El loco trocknete ihren Hals mit der Hand.

„S-pielen“, winselte das Mädchen.

Sie packte den Pinsel, von dem die Farbe tropfte, und wischte mit ihm über die Wand. Ein undeutlicher Farbfleck entstand.

„Schön!“ rief El loco.

„Schön, schön!“ wiederholte er und fuhr mit dem Pinsel über die Wand. Dann steckte er die Hand in den Farbtopf und schlug sie ein paarmal gegen die Wand.

Fröschlein und die Speichlerin lachten. Sie lachten über diese Hand, die in den Farbtopf tauchte und dann rot und tropfend vor Farbe gegen die Wand schlug.

Und so gingen sie weiter, malten und lachten. Ein Schritt vor und zwei zurück und eine Verbeugung. Ein Pinselstrich und ein Schritt vor und zwei zurück und eine Verbeugung. Und die Speichlerin kam aus dem Rhythmus und beschmutzte sich ganz mit Farbe.

Die Leute begannen ihnen zuzuschauen und wußten nicht, ob sie lachen oder schimpfen sollten. Dann sahen sie die Wände der Häuser an und entdeckten, daß sie nicht mehr dunkel und düster waren. Sie waren jetzt voll Farbe, von Feuer, Sonne und Grün beleuchtet. Sie lebten, sie lebten endlich.

Und viele liefen zu Doña Ida und holten die buntesten Farben, die seit Jahren im Lager verschimmelten, und beeilten sich, El loco zu folgen. Und sie bemalten nicht nur ihre eigenen Häuser, sondern jedes Haus, an dem sie vorbeikamen. Es war für sie zu einem Fest geworden, El locos Schritt zu folgen (an wie viele Dinge erinnerte sie dieser Schritt!) und zu lachen, während der Pinsel einen Farbstrich hinterließ.

„Tiuna ist neu!“ sagte später Furiosa, die auch voll Farbe war, und blieb mit El loco auf dem Platz stehen.

„Lacht Tiuna?“ fragte El loco.

„Tiuna ist heiter“, antwortete Furiosa und begriff, daß auch dieser neue Sieg El locos Werk war.

„Büchse!“ rief ihn der Kleine, „Büchse, ich bin hungrig!“

„Kommt beide zu mir. Ich werde kochen. Aber zuerst müßt ihr die Farbe abwaschen.“

Aber sie selbst mußte erst Terpentin holen, um die Hände ihrer Freunde von der Farbe zu reinigen.

El loco nahm das Tuch, das mit dem Lösungsmittel getränkt war, und stand auf, um Hände und Beine der Speichlerin zu säubern. Der Geruch des Terpentins irritierte das Mädchen, und so führte El loco sie zum Brunnen und begann, sie mit einem nassen Tuch zu waschen.

Sofort blieben ein paar Neugierige stehen, um zuzusehen.

Niemand sagte etwas, aber alle lachten heimlich.

„Yajen", schrie ein Bub, „wasch sie gut, die Speichlerin!"

El loco verbeugte sich und lächelte und wusch sie weiter. Er säuberte ihren Hals, da knöpfte das Mädchen seine Bluse auf und entblößte seinen Oberkörper.

El loco wusch sie.

Die Leute lachten. Diesmal aber laut.

El loco lächelte der Speichlerin zu.

„Siehst du, sie lachen, weil ich deine Brust wasche. Sie sehen nicht, daß du schön bist."

„Sss-ön", wiederholte das Mädchen undeutlich.

Ihr Kopf wackelte, der Speichel tropfte, aber sie lachte.

Und der dünne Speichelfaden glänzte in der Sonne.

El loco wusch sie. Mit einem schnellen Handgriff trocknete er den glitzernden Speichelfaden und lächelte.

„Du bist schön", wiederholte er.

„Sss-ön ...", wiederholte das Mädchen. Die Anstrengung war so groß, daß es aussah, als ob ihre Stimmbänder reißen müßten.

„Sss-ön ... sss-ön...", stotterte sie, „alle-ss iss-t ... sss-ön ... du ... sss–ön ... du ..."

Da kam Furiosa heran. Sie trocknete die Speichlerin schnell ab und zog ihr die Bluse wieder an.

„Yajen, was machst du denn? Die ist doch blöd, siehst du das nicht? Die ist doch noch ... noch verrückter als du!"

„Ja. Vielleicht, aber sie lebt!"

„Na und?"

„Wenn sie lebt, ist sie wertvoll!"

„Das einzige, was an ihr wertvoll ist, ist ihr Kleid. Laß sie in Ruhe, sonst wirst du noch verrückter, als du ohnehin schon bist."

„Vielleicht, kleine Furiosa, vielleicht. Aber auch sie muß leben, fröhlich leben."

„In Ordnung. Schick sie jetzt nach Hause."

„Wenn sie will, wird sie gehen. Wenn sie aber hierbleiben will, hab ich keinen Grund, sie nach Hause zu schicken."

Als El loco sich auf den Boden hockte und begann, Steine in die Büchse zu werfen, setzte sich die Speichlerin neben ihn, als ob sie ihn verstanden hätte. Und sie klatschte jedesmal glücklich in die Hände, wenn ein Stein in die Büchse fiel. Allerdings fand eine Hand nicht immer die andere.

„In Ordnung. Ihr seid ein schönes Paar. Kommst du jetzt essen, Yajen? Tiuna ist hungrig."

„Für wie viele hast du gekocht?" fragte El loco.

Dafür hatte er sich noch nie interessiert. Zum erstenmal fragte er, für wie viele das Essen reichte. Die Frage überrumpelte Furiosa, und sie sah ihn erstaunt an.

Klingklang!

„Ich hab verstanden!" brummte sie dann, „gehen wir!"

Sie half der Speichlerin aufstehen und nahm sie beim Arm.

„Gehen wir", wiederholte sie.

El loco ging.

Er sah aus, als würde er mit dem ganzen Körper singen.

7

Tiuna war neu. Das galt für die schmucken Häuser, vor allem aber für die Menschen. Die Menschen waren jetzt selbstsicher, sie bewegten sich mit Entschiedenheit, blickten nur selten zu Boden.

Das Mädchen sang vor sich hin, während es zur Schule ging.

Furiosa bemerkte erst, daß sie laut sang, als die Leute sich nach ihr umdrehten. Eine Sekunde lang schämte sie sich, senkte den Kopf und spürte sofort die ganze Last der alten Stumpfheit. Dann schüttelte sie energisch den Kopf und begann wieder zu singen, und diesmal so laut, daß alle sie hören konnten.

Irgendwer in einem der Häuser fragte, wer da sang. Und irgendwer antwortete:

„Furiosa!"

„Ach so!"

Dann war es ja klar. Es konnte ja nur sie sein. Furiosa oder El loco. Oder Tiuna, ja richtig, auch Tiuna war ein Rebell, draufgängerisch wie Furiosa. (Das war auch nicht verwunderlich, schließlich lebte er ja bei ihr.) Oder Nieves, die Speichlerin. Richtig, sie zog ja auch immer mit El loco herum oder mit Furiosa.

Nieves. El loco hatte sie in aller Öffentlichkeit so genannt, sie neu getauft.

Nieves.

Und Nieves – immer noch „die Speichlerin", immer noch mit leerem Blick, immer noch ein bißchen ... blöd – Nieves hatte sich verändert. Sie sprach und lachte und sang wie ihre drei Freunde.

Die Leute drehten sich nach Furiosa um und grüßten sie fröhlich.

Sie war unbekümmert, fröhlich, aber auch stark. Und hart, wenn es sein mußte. Draufgängerisch wie ein Mann und kämpferisch wie ein alter Krieger, das hatte sie schon bewiesen. Vor nichts hatte sie Angst. Sie konnte allen Paroli bieten, wenn es sein mußte. Allen, ob Alkalde oder einer von den Ältesten, ob Mann oder Frau. Vor nichts und niemandem hatte sie Angst. Vielleicht verstand sie es aber auch nur besonders gut, ihre Angst zu verbergen.

Die anderen Mädchen ahmten sie nach. Asuncion war die erste gewesen, aber jetzt gab es kein Mädchen, das Furiosa nicht suchte, nicht mit ihr diskutierte, ihr nicht folgte. Auch die jungen Männer behandelten sie wie einen von ihnen, wie einen Freund. Ja, sogar wie jemanden, der besser war als sie selbst.

„Wer singt?"

„Furiosa!"

Singen hieß, daß man auf Coca verzichtet hatte. Das war der große Erfolg Furiosas und ihrer Freundinnen.

„Furiosa ist vorbeigekommen? Dann ist's Zeit für die Schule. Gehen wir."

Vor der Schule sah Furiosa die Alten und die Frauen die Straße heraufkommen. Die jungen Leute waren mit ihr gekommen, manche außer Atem, weil sie gerannt waren, manche in Gruppen und plaudernd.

Alle gingen in die Schule. Jeden Tag, und sie waren glücklich dabei.

Sie gingen nicht in ein Klassenzimmer. Sie versammelten sich im Festsaal und auf den Stiegen, um den alten Lehrer hören und sehen zu können.

Und alle wiederholten sie die Worte im Chor, die der weißhaarige Mann mit großen Buchstaben an die Tafel schrieb.

Alle. Es fehlten nur wenige, denn es mußte ihnen schon sehr schlecht gehen, wenn sie nicht kamen.

Wer etwas wußte oder früher begriff, half seinen Nachbarn, vor allem den Alten. Denn sie alle wollten lernen. Das war sehr wichtig. Man fühlte sich jetzt als Persönlichkeit. Und durch die Dinge, die der Lehrer vorlas, entdeckten sie eine neue Welt. Sie lernten aber auch, weil die Gewerkschaft ihre Mitgliedschaft dann nicht mehr ablehnen konnte. Sie konnten ja jetzt lesen und schreiben. Vor allem anderen lernten sie denken, mit den anderen diskutieren, überlegen.

An diesem Abend sagte der Lehrer, der Alkalde hätte nach dem Unterricht noch etwas Wichtiges mit ihnen zu besprechen. Die Frauen standen auf. Eine Besprechung mit dem Alkalden war ein „Rat". Und an einem „Rat" nahmen nur die Männer teil. Sie wollten nach Hause gehen, da hielt Furiosa sie auf und fragte so laut, daß alle sie hören konnten:

„Will der Alkalde nicht, daß die Frauen bei dieser Beratung anwesend sind?"

„Die Frauen?" riefen viele, „aber die Frauen haben doch nie über die Angelegenheiten der Comunidad beraten!"

„Warum? Können die Frauen denn nicht denken?"

Darauf konnte man schwer antworten.

Schwer, weil sie es selbst noch nicht wußten, ob sie denken konnten oder nicht. Sie selbst hatten ja erst vor ganz kurzer Zeit begonnen, die Probleme zu besprechen und zu lösen, die die Comunidad und die neue Lage mit sich brachten. Und sie hatten entdeckt, daß sie sehr oft nicht in der Lage waren, eine Tatsache mit einer anderen in Verbindung zu bringen oder die Folgen einer bestimmten Handlungsweise vorherzusehen. Es hatte zum Beispiel niemand an die Lieferung bestimmter Produkte wie Medikamente und Lebensmittel gedacht, und diese Dinge wurden jetzt knapp.

„Niemand sagt das", antwortete der Alkalde selbst, „und du, Furiosa, bist doch oft zu Beratungen gerufen worden. Und du hast auch mitgeredet, wenn man dich nicht gefragt hatte!"

Viele lachten nach dieser Feststellung.

„Das stimmt. Aber ich spreche für alle. Können die Frauen bleiben und mitreden?"

„Aber manche wissen doch nicht einmal, wo ihre Nase ist!"

lachte ein Mann.

„Natürlich nicht!" antwortete Furiosa schlagfertig. „Sie mußten ja immer deine Nase und die Nase der Kinder putzen. Da haben sie vergessen, wo ihre eigene ist!"

„Furiosa hat recht", riefen einige Frauen. „Wir bleiben alle."

Sie setzten sich und begannen zu spinnen. Und nur ein paar alte Frauen rollten Cocablätter zum Kauen zurecht.

Da bat ein Alter ums Wort.

„Ich möchte etwas wissen. Furiosa ist viel zu jung, um hierzubleiben. Sie ist nicht verheiratet, sie respektiert die Traditionen nicht, mit einem Wort, sie will nur tun, was ihr angenehm ist!"

„Daß ich jung bin, heißt ja nicht, daß ich nicht älter werde, Abuelo", antwortete das Mädchen ruhig. „Und wenn ich das Diskutieren und Denken nicht von dir lerne, dann sag mir bitte, wo ich es sonst lernen soll? Was die Traditionen betrifft, so respektiere ich sie, solange sie mich respektieren. Ich will nicht heiraten. Das ist richtig. Noch nicht. Wenn ich heirate, werde ich es nach dem Gesetz tun. Jetzt will ich erst einmal leben. Und dann, wenn *ich* es will und nicht irgend jemand anderer, dann werde ich heiraten. Falls ich heiraten will!"

Man murmelte und lachte, aber die Gemüter erhitzten sich.

Da hob der Alkalde seinen Stock.

Völlige Stille trat ein.

„Wir haben entschieden, daß die Frauen an allen Beratungen teilnehmen werden. Sie sind genauso frei wie jeder Mann, der diskutieren kann, wenn er will, und der seine Meinung sagen kann. Junge und Alte, alle haben das gleiche Recht. Aber natürlich muß auch der nötige Respekt gewahrt bleiben. Und jetzt beginnen wir: Wir haben zwei große Probleme zu lösen: Das erste ist: wir müssen uns Medikamente und Lebensmittel beschaffen. Zumindest das Allernotwendigste. Jemand muß nach Andusia gehen und diese Dinge kaufen. Es werden sich dort schon Indios finden, die bereit sind zu tauschen oder zu verkaufen und die kaufen helfen."

„Warum sollen wir nicht direkt in die Geschäfte gehen und dort kaufen?" fragte Rafael El nino.

„Das wißt ihr doch alle sehr gut. Hier, zu Hause, lassen sie uns in Frieden. Aber sobald wir auch nur versuchen, einen Schritt aus Tiuna hinaus zu machen, werden sie uns verfolgen. Sie werden uns mit niemandem sprechen und nichts kaufen lassen. Sie wollen uns zwingen aufzugeben, sie wollen uns den Hals zudrücken, und sie wissen, daß wir bestimmte Dinge, die wir nicht selbst erzeugen können, brauchen."

„Man könnte es bei Nacht versuchen!"

„Das würde helfen, die Verfolger abzuschütteln. Aber da bleibt immer noch das Problem mit den Geschäften. In Andusia muß jeder, der Waren in größerer Menge kauft, eine polizeiliche Bewilligung haben. Es gibt da einen Erlaß."

„Warum schicken wir nicht Jacopo, den Fleischer, und Doña Ida? Sie sind Weiße, man wird sie nicht belästigen."

„Ja, wir könnten sie bitten, uns diesen Gefallen zu tun."

„Wir könnten ihnen ja für ihre Mühe etwas bezahlen."

„Natürlich zahlen wir ihnen etwas!"

„Das geht nicht!' unterbrach Furiosa und stand auf. „Der Alkalde hat sich an uns gewandt, nicht an Doña Ida oder an Jacopo. Er hat sich an uns gewandt. Wenn sie für uns gehen, lösen wir das Problem nicht. Wir müssen schon selbst gehen."

„Und warum?"

„Weil wir sonst immer von anderen abhängig sein werden. Und diese ‚anderen' werden dann auch immer für uns denken müssen."

„Später, im richtigen Augenblick, werden wir selbst gehen. Aber jetzt ..."

„Der richtige Augenblick ist jetzt. Wenn wir es jetzt nicht schaffen, werden wir es nie schaffen. Ich bin bereit, nach Andusia zu gehen."

„Du kannst nicht gehen."

„Warum nicht?"

„Du bist eine Frau, und das ist Männersache!“
„Wer sagt das?“
„Das ist einfach so. Und das ist auch immer so gewesen.“
„Dann bitte ich, daß man mich schickt!“ schrie Furiosa.
„Und ich bitte dich zu bleiben!“ Es war ein junger Mann, der das sagte. „Ich bitte dich darum, weil auch wir wir selbst sein wollen. Tiuna verändert sich für dich und für die Frauen. Und wir?“
Vier junge Männer meldeten sich freiwillig. Und die Comunidad gab ihre Zustimmung.
„Das zweite Problem ist die Kirche“, sagte der Alkalde. „Unsere Kirche hat keine Priester mehr. Das wird uns Unglück bringen.“
Vollkommene Stille trat ein.
„Die Kinder, die inzwischen auf die Welt gekommen sind, sind nicht getauft, sie haben keine Taufpaten. Sie können nicht ins Paradies kommen …“
„… und sie haben keinen Weißen, der sie beschützt!“ schloß Furiosa.
„Ja, das auch. Und erkläre mir bitte, wie es anders sein sollte.“
„Es könnte doch auch sein, daß wir ohne weiße Taufpaten auskommen. Wir sind wie sie, wir können dasselbe machen wie sie …“
Alle hörten interessiert zu. Aber sie hatten Angst. Das hatte es noch nie gegeben. Vielleicht früher einmal, lange bevor die Weißen gekommen waren … Aber wann war das? Andererseits … was hieß das schon, daß es seit Hunderten von Jahren so war? Konnten sie aber auch wirklich alles selbst tun? Jetzt kämpften sie zwar, aber was für Schwierigkeiten hatten sie dabei! Die Paten ließen einen sicher nicht im Stich. In der Not konnte man an ihre Tür klopfen, und sie wußten immer Rat. Sie verteidigten einen, legten ein gutes Wort ein, wenn man auf der Polizeiwache landete. Nein, auf die Taufe konnte man nicht verzichten. Die Priester mußten zurückkommen.

„Sie verkörpern das Gesetz", bestätigte der Alkalde, „und ein Gesetz braucht der Mensch. Die Priester sind unser Gesetz."

Alle nickten zustimmend. Das war richtig. Besser hätte es der Alkalde gar nicht sagen können. Auch für ihn war die Kirche die Macht. Die einzige Macht. Die Macht, gegen die man sich nicht auflehnen konnte und auch nicht auflehnen wollte.

Die bestickten Meßgewänder, der Weihrauch, die Kerzen, die feierlichen Worte, die Orgel, die Prozessionen, waren all diese Bräuche nicht so alt wie die Menschheit? Diese Bräuche, die dazu dienten, sich die Gottheit gewogen zu machen? Die Regeln der Kirche respektieren – hieß das nicht, eine Lebensform einhalten, die allen Frieden gab und die feierlichsten Momente des Lebens erhöhte?

„Ich frage", sagte Furiosa, „und ich frage das auch mich selbst, warum wir sie brauchen. Könnte nicht einer von uns, einer aus der Comunidad, taufen ...?"

„Schweig!" brüllten viele. Und vor allem die Frauen.

„Wir sind hier versammelt, um zu diskutieren", griff der Alkalde ein. „Und wir werden auch diskutieren. Furiosa hat eine Idee. Kann sein, daß diese Idee dumm ist, aber sie kann uns auch zum Denken bringen. Sprich also."

„Ich will weder die Ahnen noch die Priester beleidigen. Ich dachte, daß wir uns verändern wollen. Und sich verändern heißt doch auch versuchen, wirklich frei zu sein. Der Alkalde sagt jetzt, daß wir die Priester brauchen, weil wir ein Gesetz brauchen, und der Priester ist das Gesetz. Ich frage: Wer hat den Alkalden ernannt?"

Sie sahen einander an und antworteten dann: „Wir."

„Wir", wiederholte Furiosa. „Dann sind wir, die Comunidad, die Macht."

„Von was für einer Macht sprichst du denn, wo wir doch gar keine haben!"

„Gerade weil wir keine haben, sind wir die Macht. Unsere

Macht ist unsere Freiheit. Wir können immer neu entscheiden, was wir wollen."

„Aber das ist kein Gesetz. Können wir denn mit unserer Macht eine Heirat gesetzlich werden lassen?"

„Sicher, sicher", antwortete Furiosa hitzig. „Als ihr die Arbeit auf den Feldern eingeteilt habt, habt ihr da vielleicht kein Gesetz gemacht?"

„Das war doch kein Gesetz. Das war doch nur so eine Abmachung zwischen uns. Aber Heiraten ist doch etwas anderes: wenn man nicht vor dem Priester heiratet, dann ist das doch keine richtige Ehe. Es ist dann eine Abmachung zwischen zwei Menschen, aber nichts Gesetzliches. Siehst du das nicht ein?"

„Alkalde, hilf mir erklären", rief Furiosa. „Ich sage: als wir beschlossen, wer die Tiere auf die Weide bringt, als wir die Arbeit an der Straße einteilten, als wir entschieden, daß die Hälfte des Bodens der Comunidad gehört und abwechselnd bearbeitet werden muß, damit für die Dinge, die wir nicht selbst erzeugen und die die Comunidad braucht, Geld da ist – hatten wir da keine Macht?"

Da begannen sie die Bedeutung des Wortes zu begreifen. Es stimmte ja: sie hatten alles tun können, weil sie es tun wollten. Und doch war es noch zu kompliziert. Aber diese Furiosa war doch wirklich schlauer als der Teufel selbst. El loco hatte sie nicht umsonst so genannt. Aber jetzt mußte man sie zum Schweigen bringen. Man konnte doch nicht ewig so weitermachen, immer aufgeregt und immer gezwungen nachzudenken.

Der alte Rafael hob die Hand.

Alle schwiegen, denn er war der Älteste der Comunidad.

„Ich sage, der Priester soll zurückkommen. Er ist das Gesetz. Ich lebe schon lange, und ich weiß, was das heißt. Die Comunidad hat viel erreicht, sie hat sich verändert, wir leben jetzt auch besser. Aber wir dürfen nicht übertreiben. Wenn die Comunidad heute weiterleben will, wenn sie leben will, dann kann sie auf den Priester nicht verzichten."

Der Alkalde nickte.

Der alte Rafael war der Älteste.

In den Ketschua-Familien wird die Autorität des Ältesten ohne Widerspruch anerkannt. Hier war die Comunidad. Sie hatten, wie es ihr Recht war, lange beraten. Jetzt hatten die Ältesten durch Rafael ihre Meinung ausgedrückt. Die Comuneros mußten entscheiden. Alle waren mit dem Vorschlag Rafaels einverstanden.

Der Alkalde selbst, ausgestattet mit der Würde seines Amtes, würde nach Andusia gehen und die Priester bitten zurückzukommen.

Ohne Gesetz konnte man nicht bleiben.

Drei Tage später kehrten die Männer zurück, die nach Andusia gegangen waren.

Sie brachten nichts mit, nicht einmal ein kleines Paket. Sie setzten sich auf die Stufen der Kirche und sagten kein Wort. Sie verlangten nur Cocablätter.

Niemand fragte.

Man mußte sie nur ansehen, um zu verstehen, was geschehen war. Ihre Gesichter waren blutunterlaufen und geschwollen. Die Augen des einen waren so zerschlagen, daß er sie fast nicht öffnen konnte.

Als die Ältesten sie fragten, sagten sie nur: „Die Polizei!"

Das war ganz natürlich.

Das Städtchen kapselte sich ab, sofort, ganz schnell.

Niemand war mehr auf den Straßen, wer aus dem Haus mußte, hielt sich an den Wänden, den Kopf gesenkt. Der Platz war leer. Nein, in einer Ecke, in ihrer gewohnten Ecke, saßen El loco, Tiuna und Nieves, die Speichlerin. Sie warfen abwechselnd Steine in die Büchse und lachten, wenn sie nicht trafen. Später gesellte sich Furiosa zu ihnen.

„Immer lacht ihr", brummte sie.

„Bist du nicht froh?" fragte El loco.

Furiosa sah ihn erstaunt an und wiederholte:

„Froh? Ja worüber denn? Über das, was geschehen ist? Weißt du es denn nicht?"

„Ich habe es gesehen!"

„Und da bist du froh?"

„Ja, und du solltest auch froh sein!"

Er warf einen Stein in die Büchse und fragte dann:

„Furiosa, wenn ich dich etwas frage, wirst du mich dann schlagen?"

„Nein."

„Auch wenn du nicht antworten kannst?"

„Nein, auch wenn ich nicht antworten kann!"

„Warum nicht?"

„Weil ... was weiß ich denn."

„Denk nach: warum nicht?"

„... vielleicht, weil ich vor deinen Fragen keine Angst habe?"

„Aber wenn dir meine Fragen unangenehm wären?" El loco sah ihr direkt in die Augen.

„Wenn sie mir unangenehm wären, würde ich sagen, du sollst still sein."

„Und wenn ich trotzdem spreche und es dir immer unangenehmer wird?"

„Dann würde ich dir befehlen aufzuhören, sonst ..."

„Sonst was?"

„Ich weiß nicht."

„Und wenn ich dieselben Dinge, die dir unangenehm sind, auch den anderen erzähle?"

„Was meinst du denn?"

„Ich sage Dinge, die dir unangenehm sind. Dann sage ich sie den anderen, und die sagen sie dir wieder ..."

„Na und weiter?"

„Was würdest du tun?"

„Ich habe dir schon gesagt: ich würde dich zum Schweigen bringen!"

„Und wie?"

„Ich würde dich nicht sprechen lassen."

„Aber wie?"

„Ich würde dich bitten ..."

„... und ich spreche trotzdem."

„Ich ..."

„Würdest du mich schlagen?"

„Vielleicht ... vielleicht würde ich dich auch schlagen, wenn du mir zu sehr auf die Nerven gingest."

„Weil du Angst hättest vor den unangenehmen Dingen, die ich dir sage, nicht wahr?"

„Ja, ich glaube, so wäre es."

„Dann würdest du mich also schlagen, weil du vor meinen Worten Angst hättest. Du schlägst mich aus Angst. Wenn du keine Angst vor mir und meinen Worten hättest, würdest du mich dann schlagen?"

„Nein, natürlich nicht. Ich würde dich reden lassen und Schluß."

„Aber wenn du Angst hast, nicht. Dann schlägst du mich. Dann willst du mich zum Schweigen bringen."

„Ja."

„Und jetzt sage mir: hat der Sieger Angst?"

„Nein, Loco, der Sieger hat keine Angst. Warum sollte er auch?"

„Auch nicht, wenn man ihn schlägt?"

„Aber wer sollte ihn denn schlagen, wenn er der Sieger ist?"

„Ich kann siegen, aber der Verlierer hat Angst und schlägt mich, weil er mich zum Schweigen bringen will; weil er zeigen will, daß er stark ist. Aber ich bleibe doch der Sieger. Hätte ich dann also Angst?"

„Wenn du siegst, hast du auch dann keine Angst, wenn man dich schlägt."

„Warum soll ich dann weinen?"

Furiosa wußte nicht, was sie antworten sollte. Ohne zu grüßen, ging sie fort. Sie mußte nachdenken. El loco hatte nicht nur so gesprochen. Sie kannte ihn.

Am nächsten Tag kehrten die Menschen mit erhobenen Köpfen und lächelnd auf die Straßen zurück.

Sie besuchten die Freunde, die von der Polizei geschlagen worden waren. Mit leichter Hand strichen sie über die geschwollenen, blutunterlaufenen Gesichter. Aber sie lächelten.

Und auch die, die man geschlagen hatte, lächelten.

Auch Furiosa lächelte, obwohl sie einen trockenen Hals hatte, weil sie die ganze Nacht mit den einzelnen Familien gesprochen hatte.

Der Alkalde kehrte zurück.

Auch Pater Juan und Pater Ramon kehrten zurück.

Die Glocken läuteten, und die Kirche füllte sich schnell.

Eine Woche lang tauften die Patres nicht, weil ganz San Sebastian sich reinigen und Buße tun mußte. Die Leute hatten gegen Gott und die Obrigkeit gesündigt. Sie hatten viele Wochen lang keine Messe gehört und sich gegen die Behörden und damit auch gegen die Kirche aufgelehnt. Ihre Schuld war es, daß es Tote gegeben hatte, daß Kinder ihren Vater verloren hatten, daß es Trauer und Ruinen gab ...

Und die Comunidad tat Buße.

Furiosa konnte nicht mehr singen.

Die Leute sangen nicht mehr während der Arbeit auf den Feldern, auf ihren Feldern, auf den Feldern der Comunidad. In den ausdruckslosen, unbeweglichen Gesichtern war wieder die alte Ergebenheit aufgetaucht.

Was war geschehen? Und wessen Schuld war es?

Es hatte sich doch nichts geändert. Weder der Richter noch die Polizei noch die Soldaten oder die Leute der Erzbaukompanie waren zurückgekehrt.

Sie waren frei in dem freien Städtchen.

Auch die Medikamente und alle Waren, die sie einmal versucht hatten, selbst zu kaufen, waren gekommen. Niemand hatte nach Andusia gehen müssen. Die Dinge waren ein paar

Tage nach der Rückkehr der Priester angekommen. Der Alkalde hatte im Namen aller gedankt. Mit einem Wort, es stand alles zum besten, aber die Gesichter wurden wieder leer und undurchdringlich. In ihren Augen lag wieder Melancholie.

Und die Menschen kauten wieder Coca.

Und sie lehnten wieder bewegungslos und stumm an den Hausmauern.

Furiosa fühlte, wie es in ihr tobte. Wenn sie nur gewußt hätte, was es war.

Sie ging zu El loco und setzte sich neben ihn. Sie wollte sich aussprechen.

El loco hörte zu und sagte nichts. Und auch das war eigenartig. Er warf immer weiter Steine in die Büchse, ohne zu antworten.

„Rede, rede doch, Dummkopf!" platzte Furiosa schließlich heraus, „aber das hätte ich mir ja denken können, daß ich mit dir nur meine Zeit verschwende."

El loco lächelte und reichte ihr einen Stein.

Das Mädchen nahm ihn und schleuderte ihn wütend irgendwohin neben die Büchse.

El loco gab ihr einen zweiten Stein.

Sie packte ihn und warf. Aber sie war schon weniger wütend.

Und dann begann sie, gezielt nach der Büchse zu werfen. Und traf nicht. Sie versuchte es immer wieder, einmal, zweimal, zehnmal.

Erst bei den letzten Würfen fiel manchmal ein Stein in die Büchse. Und sie warf weiter, immer ruhiger, immer heiterer. Nach dem sechsten oder siebenten gelungenen Wurf lächelte sie.

Da begann auch El loco wieder Steine zu werfen.

Und sie lachten zusammen.

Als die Speichlerin kam, ließ sie sich von der Fröhlichkeit der beiden anstecken. Es war ihr nicht wichtig zu wissen, warum sie lachten. Wenn ihre Freunde lachten, warum sollte sie dann nicht auch lachen?

Und als später Tiuna dahergerannt kam, mit einem der wenigen Hunde des Ortes – denn auch für die Hunde war das Leben schwer geworden und das Überleben noch schwerer –, und als Tiuna seine Freunde sah, blieb er stehen, vergaß den Hund und begann bei jedem guten oder schlechten Wurf Furiosas zu lachen. Wie El loco und Nieves.

Das Komische dabei war, daß sie jetzt über jede Dummheit lachten. Sie lachten auch, als El loco sagte: „Und meine Decke?"

Und sie lachten noch mehr, als sie sahen, daß der Hund ganz bequem und schief, um sich besser kratzen zu können, mitten auf der Decke El locos saß.

„O, seht ihr!" rief der Mann lachend, „er liebt meine Decke. Meine Decke ist schön ... man kann sich gut auf ihr kratzen ... das ist eine kratzfreundliche Decke ..."

Und auch die Frauen, die vor den Haustüren saßen und spannen, begannen zu lachen.

El loco kratzte sich am Kopf, stand auf, verbeugte sich vor dem Hund und ahmte seine Art nach, Flöhe zu suchen. Und die Frauen lachten. Die Kinder bildeten einen Kreis um sie, und dann gesellten sich auch ein paar Erwachsene zu ihnen. Und sie lachten zu jeder Dummheit El locos, bis dieser nur noch den Mund zu öffnen brauchte. Jede Bewegung seiner Lippen wurde von einem Lachen begrüßt. Und das Lachen hallte über den Platz, sodaß aus den Seitenstraßen Neugierige herankamen, die zuerst nur schauten, dann lächelten und schließlich auch mitlachten.

Und als der Hund, erschreckt durch die vielen Menschen rundherum, El loco mit Urin bespritzte, hallte das Lachen auf dem ganzen Platz und breitete sich weiter aus.

„Es regnet! Es regnet!" lachte El loco, sprang auf und begann zu tanzen. „Es regnet! Es regnet!"

Noch während sie auseinandergingen, lachten die Leute, und sie erzählten allen, denen sie begegneten, wie der Hund

El loco naß gemacht und welche Dummheiten El loco gemacht hatte.

Furiosa ging singend nach Hause, gefolgt von El loco und der Speichlerin, während Tiuna mit dem Hund Fangen spielte.

Während der Arbeit auf dem Feld entdeckte Furiosa, daß sie sang. Warum war sie traurig gewesen? Was war denn in diesen Tagen geschehen?

Nichts war geschehen, nichts Einschneidendes, solange sie sich nicht von den alten Gewohnheiten einfangen ließen. Die Patres würden immer einen Grund zum Murren finden. Aber sie, sie würden in die Messe und zur Prozession gehen und doch freie Menschen bleiben. Frei und voller Vertrauen in ihre eigene Kraft. Es genügte, wenn man lachte, im richtigen Moment lachte. Etwas anderes war gar nicht notwendig.

Aber verrückt war er schon, dieser Loco! Wirklich verrückt! Und doch ... küssen hätte sie ihn können, Donnerwetter noch einmal!

Am Sonntag machten sie sich fertig für die Prozession. Alle kamen zur Messe. Der Alkalde trat mit der Vara, dem alten Befehlstab, in die Kirche. Die Vara war von Generationen von Alkaldes geschnitzt und mit den feinsten Silberornamenten geschmückt worden. Die Männer kamen und stellten sich an den Seiten auf, die Frauen kamen und hockten sich nicht mehr auf den Boden, sondern setzten sich in die Bänke. Die Kinder streckten die Hände aus, um die Wachstropfen, die von den Kerzen vor den Heiligenbildern herunterfielen, aufzufangen. In den Bänken saßen auch Doña Ida, Jacopo, der Fleischer, die Eltern der Speichlerin und fünf oder sechs andere weiße Familien, die nicht geflohen waren und beschlossen hatten, mit der Comunidad zu leben. Der alte Lehrer stand allein neben der Balustrade des Hauptaltars.

Sie beteten und sangen.

Die Köpfe der Männer beeindruckten Furiosa, die neben

dem Weihwasserbecken hockte. Alle hatten die Hüte abgenommen, diese europäischen Hüte, die ihnen irgend jemand irgendwann aufgezwungen hatte. Jetzt hielten sie sie hinter dem Rücken und drehten sie zwischen den Fingern. Aber auf dem Kopf trugen sie ihre alten Inka-Mützen. Alle, auch der Alkalde.

Pater Ramon war es, der sie mit harten Worten daran erinnerte, daß man in der Kirche den Kopf entblößen mußte, daß es respektlos war, die Mütze aufzubehalten.

Aber die Mützen waren doch so schön! Sie sahen aus wie viele kleine Sonnen, so bunt waren sie.

Die Männer entblößten die Köpfe. Und drehten jetzt zwei Kopfbedeckungen zwischen den Fingern.

Furiosa näherte sich Julio, nahm ihm die Mütze aus der Hand und setzte sie auf.

Noch nie hatte ein Mädchen die Männermütze, „diese" Mütze, aufgesetzt. Zumindest nicht in aller Öffentlichkeit.

Julio sah sie an, wollte sprechen und schwieg dann. Sogar der Alkalde folgte dem Blick der Männer und drehte sich um. Er runzelte die Stirn und wurde ein bißchen unruhig. Dann lächelte er und wandte sich wieder dem Altar zu, ohne ein Wort zu sagen.

Von diesem Tag an trug Furiosa die Inka-Mütze, und niemand fand etwas dabei.

Die Prozession, begleitet von der Musik der Churangos und der Flöten, ging durch die Straßen der Stadt.

„Heilige Maria Pachamama", murmelten die Frauen und bekreuzigten sich.

„Heilige Maria Pachamama", wiederholten die Männer und senkten die Köpfe. Aber in den Gesichtern jener, die das Bildnis von Unserer Frau trugen, war kein Schmerz zu sehen. Und das war der Unterschied zu früheren Prozessionen, zu allen Prozessionen, an denen sie je teilgenommen hatten. Pachamama, die Mutter Erde, stand auf ihrer Seite, war bei ihnen, auf „ihrem" Land, wo sie wieder frei zu leben begonnen hatten. Sie war auf ihrer Seite, und sie hatten ihr Selbstvertrauen zurückgewonnen und ihre Menschenwürde wiederentdeckt.

Diejenigen, die sie von ihrem Land vertrieben hatten, die ihnen ihre Traditionen und ihre Götter genommen hatten, es gab sie jetzt nicht mehr. Nichts konnte sie mehr traurig, unsicher und apathisch machen. Jeder war jetzt er selbst und nicht mehr der, den die anderen aus ihm machen wollten.

Und so verneigten sie sich zwar vor Unserer Frau, aber ihre Verbeugungen waren voller Zuversicht. Deshalb marschierten sie in der Prozession mit demselben Schritt, mit dem sie zur Arbeit gingen. Denn auch ihre Schritte hatten sich verändert: sie waren jetzt „fröhlich“, lebendig, angeregt vom Wunsch zu sein und nicht von der Wirkung der Cocablätter.

Pater Ramon war außer Atem, als sie in die Kirche zurückkamen, aber auch er war glücklich. Noch nie hatte er die Leute so aktiv an der Prozession teilnehmen sehen. Wirklich teilnehmen, nicht ergeben und passiv. Diese Menschen veränderten sich. Sie waren nicht mehr die Indios aus der Zeit vor dem Aufstand. Sie waren jetzt „anders“.

Pater Juan sprach von der Kraft des Gebetes, von der Geduld und Güte Jesu, von der Kraft, die den Menschen hilft, jedes Leid zu ertragen, von der Hoffnung auf ein besseres Leben. Vom Vertrauen in dieses zukünftige Leben.

In diesem Augenblick kam ein Hund – sicher der Hund, mit dem Tiuna meistens spielte – in die Kirche gerannt. Hinter ihm lief Nieves, die versuchte, ihn zurückzuhalten, indem sie sich auf ihre Art bemühte, deutlich zu rufen: „Komm her, Angelito!“

Aller Augen verfolgten die Wendungen und Wege des Hundes und die Sprünge der Speichlerin.

Pater Juan wollte weitersprechen (er wollte sagen, wie nutzlos die vielen Kämpfe und die Opfer seien, die man brachte, um das Leben auf der Erde zu verbessern, wo man doch nur ein vorübergehender Gast war). Aber er hatte den

Faden verloren. Er wollte die Gläubigen nicht bitten, den Hund zu vertreiben, um nicht noch mehr Verwirrung zu stiften. Also versuchte er es mit einem Befehl: „Hinaus! Hinaus! ... Das ist ein heiliger Ort!"

Aber der Hund verstand sicher nicht Spanisch, und Nieves verstand überhaupt nichts. Deshalb lächelten die Leute, aber nur innerlich, um den Pater nicht zu kränken.

Nur Nieves' Vater machte eine Bewegung, aber seine Frau hielt ihn mit einem Blick zurück, und so senkte er den Kopf und tat so, als würde er nichts sehen.

Der Hund spielte mit Nieves Fangen, rannte durch die ganze Kirche und fand schließlich die Stufen zum Altar. Er schlüpfte direkt unter den Altartisch, rollte sich zusammen und wollte sich ausruhen. Aber ein kräftiger Fußtritt von Pater Juan jagte ihn winselnd in die Flucht.

Die Indios rührten sich nicht.

Der Hund schoß wie der Blitz auf dem kürzesten Weg vom Altar zum Tor und jaulte dabei seinen ganzen Kummer darüber hinaus, daß er das Fest von San Sebastian nicht miterleben durfte. Der kürzeste Weg führte ihn zwischen den Bänken und den Beinen der Menschen hindurch. Er warf ein Kind um, verwickelte sich in den weiten Röcken einer alten Frau und blieb erst vor der Kirche zwischen den Beinen El locos stehen.

Die Indios rührten sich noch immer nicht.

Rot vor unterdrücktem Zorn, begann der Pater wieder zu sprechen. Aber er hatte nicht nur vergessen, was er sagen wollte, er hatte auch die Speichlerin übersehen. Sie war auf der Jagd nach dem Hund bis zum Altar gekommen. Und dort entdeckte sie zum erstenmal die Kirche. Glücklich lachend ließ sie ihren Blick wandern und sah die rauchenden Kerzen, die Bilder voll Gold und Farben, und der feine Weihrauchduft stieg ihr in die Nase. Und sie sah das leuchtende, goldene Meßgewand Pater Juans.

Das Meßgewand gefiel ihr.

Sie streckte die Hand aus, aber das Meßgewand machte einen Schritt rückwärts.

Nieves machte einen Schritt vorwärts.

Das Meßgewand wich wieder zurück.

Da machte das Mädchen, wie ein Tier, einen Satz nach vorne und packte das Meßgewand, das ihr auszuweichen versuchte. Sie hielt es ganz fest und begann es zu streicheln und sich daran zu schmiegen. Und weil sie sehr erregt war, beschmutzte sie alles rundherum mit ihrem Speichel.

Das ertrug das Meßgewand nicht. Mit einem Ruck befreite es sich von Nieves und trat zurück. Aber es hatte die Stufen nicht gesehen, verlor das Gleichgewicht und stürzte schreiend und mit den Beinen strampelnd auf den Boden. Die Kutte rutschte bis zum Gürtel hinauf und entblößte die Beine, die in einem Paar wunderschöner, roter Wollunterhosen steckten. Rot wie brennendes Holz.

Und Nieves fiel auf den Pater.

Die Indios lächelten unmerklich und sahen dann zu Boden, um dem Pater zu verstehen zu geben, daß sie ihn nicht in Verlegenheit bringen wollten.

Pater Juan stand wütend auf. Alle wußten, daß er jetzt gleich über die Dummheit gewisser Leute wettern würde, über die Tiere und über Leute, die Tiere hielten, über sie und weiß Gott über wen noch.

Auch die Speichlerin stand auf, und ihr Blick blieb wieder an dem Meßgewand hängen. Sie streckte die Hände aus und ...

Furiosa rannte durch die Kirche, sprang über die Balustrade und hielt Nieves fest.

Dann führte sie sie vom Altar weg, die eine Hand auf ihrer Schulter, und flüsterte ihr Worte zu, die niemand hören konnte. Sie brachte Nieves aus der Kirche hinaus.

Pater Juan sah mit weit aufgerissenen Augen zu.

Die Indios wurden jetzt unruhig.

Noch nie hatte eine Frau es gewagt, das Tabu zu durchbrechen, das die Patres errichtet hatten. Eine Frau durfte den Raum hinter der Balustrade nicht betreten. So war das Gesetz. Alle wußten das. Die Speichlerin verstand das nicht ... Sie war ja keine ... Frau. Sie war ... Aber Furiosa! Furiosa verstand es, und sie kannte das Gesetz.

Sie warteten.

Was würde jetzt geschehen? Das Gesetz der Kirche war verletzt worden. Sie warteten mit gesenkten Köpfen und hielten den Atem an.

Sie waren gar nicht da, wollten sie damit sagen.

Sie waren einverstanden, auch das wollten sie sagen.

Pater Juan rückte Meßgewand und Kutte nervös zurecht. Er öffnete den Mund, um etwas zu sagen, doch dann überlegte er es sich anders, hüstelte, drehte sich zum Altar um, hüstelte noch einmal, breitete die Arme aus und sang: „Oremus!"

Alle atmeten erleichtert auf.

Auch das war überstanden.

Aber daß Pater Juan lange Unterhosen trug, und noch dazu rote aus Wolle, hätten sie nie gedacht. Im Gegenteil, es war ihnen nie in den Sinn gekommen, daß unter der schwarzen Kutte der Patres ein Körper steckte. Für sie standen die Patres irgendwie außerhalb alles Gewöhnlichen. Sie waren erhabene Wesen, die den anderen Menschen gar nicht ähnlich waren. Aber die langen Unterhosen ... die langen Unterhosen bewiesen doch, daß die Patres wie sie waren. Von diesem Tag an zwinkerten sie jedesmal mit den Augen, wenn einer der Patres sprach, weil sie ihm zeigen wollten, daß sie verstanden hatten. Die Patres mußten eben gewisse Dinge sagen, weil sie Patres waren, aber im Grunde genommen konnte man sich ganz gut mit ihnen verständigen. Man war schließlich doch aus dem gleichen Holz geschnitzt. Es ging so weit, daß eines Sonntags, als Pater Ramon, dem irgend etwas schiefgegangen war, donnerte, sie würden alle in der Hölle in den teuflischen Flammen enden, niemand traurig wurde. Im Gegenteil, ihre Augen lächelten dem Pater zu.

„Immer unverschämter werdet ihr. Nicht einmal vor der Hölle habt ihr mehr Angst", polterte er.

Sie aber lächelten und zwinkerten mit den Augen und wollten ihm damit sagen, daß es richtig war, wenn er wütend wurde, weil das ja seine Aufgabe war. Aber auch er trug lange Unterhosen, vielleicht auch rote wie Pater Juan, und das wußten sie.

Die Leute begannen, mit der Speichlerin zu sprechen. Sie nannten sie jetzt auch nicht mehr „Speichlerin", sondern Nieves. Einfach Nieves. Und die Laute, die Nieves ausstieß, wurden immer verständlicher.

Sie entdeckten, daß Nieves immer besser ausdrücken konnte, was sie wollte, je mehr man mit ihr sprach.

Und alle waren glücklich, als die alte Dora, zahnlos und das Gesicht von einem Spinnennetz aus Falten überzogen, vor Freude humpelnd auf die Straße lief und schrie: „Nieves hat zu mir gesagt: Oma, ich hab Hunger! Nieves hat zu mir gesagt ..."

Sie waren froh, als ob jeder einzelne dem armen Mädchen diesen Satz beigebracht hätte. Und es hatte auch jeder von ihnen Nieves etwas beigebracht. Nur ein Mensch weinte, als er die langsame Veränderung von Nieves sah: Furiosa.

Sie weinte vor Freude, denn die Veränderung von Nieves bedeutete auch die Veränderung der Comunidad.

El loco sah sie an und sagte: „Du lachst innerlich, nicht wahr? Du lachst in deinem Herzen", und er trocknete ihr eine Träne mit seiner Hand, die nach Hund stank.

„So laß mich doch, Dummkopf", brummte Furiosa. Aber sie war glücklich.

8

Es war Dora, die Abuelita, die Furiosa warnte.

Ein junger Mann hatte mit Pater Ramon gesprochen, war dann zum Alkalden gegangen, hatte den Ältestenrat einberufen lassen und hatte um ihre Hand angehalten. Aber Ältestenrat, Alkalde und Comunidad hatten nein gesagt.

Wäre sie nicht Furiosa gewesen, man hätte sie rufen lassen, hätte ihr den Bräutigam vorgestellt und dann Hochzeit gefeiert. Man hätte ihr Land geschenkt, ihr, Furiosa, weil die Comunidad ihr doch so viel verdankte. Und die Patres hätten für die Hochzeit kein Geld verlangt, und der Bräutigam wollte auch keine Probezeit. Er kannte sie gut und verehrte sie sehr. Der Bräutigam wollte die junge Frau sogar „rauben".

Aber sie war Furiosa. Das alles war schon einmal geschehen. Und obwohl sich die Zeiten geändert hatten, traute sich niemand, zu ihr zu gehen und zu sagen: „Da hast du einen Bräutigam. Wir geben dir Geld und alles andere, heirate!"

Selbst wenn ihr der Bräutigam recht war, selbst wenn sie ihn liebte, ihn anerkannte, selbst dann würde Furiosa nein sagen. Das wußten sie. Der Alkalde hatte es genau erklärt. Sie würde nein sagen, weil sie von der Comunidad fordern mußte, dasselbe für alle anderen Mädchen zu tun. Die Comunidad aber hatte nicht genug Land, um jedem Mädchen ein Stück zu schenken, und es war unmöglich, auch nur ein winziges Stück zu kaufen. Auch die Kosten für die kirchliche Trauung waren für die schmale Kasse der Comunidad viel zu hoch. Dem verliebten jungen Mann blieb also nur eine Möglichkeit: Er mußte Furiosa überzeugen, mußte erreichen, daß sie selbst ihn haben wollte. Es gab einen Weg, das zu erreichen, und der Alkalde selbst riet ihm dazu: er mußte einen Zauber anwenden.

Daß Furiosa nur ja vorsichtig sei.

„Warum erzählst du mir das alles, Abuelita?" fragte das Mädchen.

„Der junge Mann ist stark und schön", murmelte die Alte, „aber ..."

„Sag mir, warum!"

„Ich weiß es auch nicht, meine Kleine. Er hat ein bißchen Geld auf die Seite gelegt ..."

„Oma, warum sagst du, ich soll vorsichtig sein?"

Sie wußte warum, aber sie wollte, daß die Frau es aussprach. Wenn sie es ihr sagen konnte, dann konnte sie es auch den übrigen Frauen erklären. Und das wollte Furiosa erreichen.

„Warum, Oma?" wiederholte sie.

Die Frau wich dem Blick des Mädchens aus. Sie versuchte verzweifelt das Thema zu wechseln, aber es gelang ihr nicht. Furiosa wartete.

„Weil ... weil ... weil ich zu meiner Zeit gerne das gemacht hätte, was du tust. Mein Mann war nicht schlecht, seine Seele möge in Frieden ruhen. Aber ich hatte ihn nicht ausgesucht. Und ich war elf Jahre alt. Nie habe ich gespielt, verstehst du? Ich habe nie gesungen, wie du es jetzt tust. Ich bin schon als Alte geboren, meine Kleine. Du kämpfst jetzt darum, nicht von Anfang an alt zu sein, nicht alt geboren zu werden, deshalb will ich dir beistehen, deshalb will ich dir helfen. Und deshalb mußt du vorsichtig sein. Er wird es nämlich mit einem Zauber versuchen. Ganz sicher."

Und er versuchte es.

Eines Abends.

Furiosa warf auf dem Platz mit Yajen Steine in die Büchse. Von Zeit zu Zeit plauderte sie ein bißchen mit Nieves und rief Tiuna zu, er solle den Hund nicht quälen. (Obwohl der sich gerne von seinem Freund quälen ließ.) Plötzlich hörte sie die Gitarre und die Stimme – eine süße, einschmeichelnde Stimme: die Stimme eines jungen Mannes, der ein uraltes Lied sang, eine Liebeserklärung.

Furiosa wußte, was der junge Mann getan hatte, bevor er zu singen begann.

Er hatte sich ein Haar von ihr beschafft und hatte es um den Kopf einer Schlange gewunden. (Und jede Windung des Haares bedeutete einen Monat Zauberkraft.) Den Kopf der Schlange hatte er dann in die Gitarre getan, auf der er sein Lied begleitete.

Und Furiosa wußte auch, was sie tun mußte, um dem Zauber zu entgehen. Dora hatte ihr alles erklärt. Sie hatte sogar die Zähne eines Hundes besorgt und hielt zu Hause eine schwarze Katze und einen Sack bereit. In diesen Sack mußte Furiosa – sie ganz allein – die Hundezähne und die schwarze Katze stecken. Dann mußte sie zum Fluß laufen, den Sack mit der Katze und den Zähnen hineinwerfen und nach Hause gehen, ohne sich ein einziges Mal umzudrehen.

Das alles wußte sie.

Und sie hatte große Lust, es auch zu tun, denn sie hatte Angst, sich zu verlieben, ihre Freiheit zu verlieren. Sie glaubte an Zauberei, auch wenn sie versuchte sich einzureden, daß das alles dumm war, etwas für Leute ohne Hirn … Sollte sie es tun? Oder lieber nicht?

Nein, sie durfte es nicht tun. Sie spürte, daß sie es nicht tun durfte, wenn sie ihr Selbstbewußtsein, das Vertrauen in ihre eigene Kraft, nicht verlieren wollte. Wenn sie wollte, daß sich die Dinge wirklich veränderten. Sie wußte nicht genau, warum sie sich gegen die Gewohnheiten und die jahrhundertealten Gesetze auflehnte, aber sie wußte, daß man das Joch dieser Dinge abschütteln mußte. Und zwar bald. Sonst würde es nie geschehen. Sie lehnte sich auch gegen Dinge auf, die sie im Grunde genommen für richtig hielt. Sie mußte alles durcheinanderbringen, weil sie wollte, daß sie selbst und alle anderen Mädchen ein neues Leben führen konnten. Ein freies Leben.

Sie sehnte sich nach einem Mann. Manchmal wünschte sie sich auch ein Kind. Aber nicht so, wie die Comunidad es vorschrieb, nicht so. Nur sie allein wollte darüber entscheiden, wann und mit wem.

Aber der Zauber... Sogar die Männer fürchteten sich vor Zauberei. Gute und böse Geister gab es überall ... in allen Dingen... Aber auch die mußten sich ihrem Willen beugen. Was hatte Yajen, dieser Verrückte, einmal gesagt?

„Ich gehöre allen Menschen und allen Dingen. Auch die Geister sind meine Freunde. Und sie haben mich gern, weil ich sie gern habe. Und doch bin ich immer ich. Und da ist kein Geist, der stärker wäre und sich mir widersetzen könnte, wenn ich es nicht wollte."

Verrückte Sätze, verrückt wie er selbst. Und doch hatte er recht. Und er war ganz allein auf das verbotene, mit dem Tabu belegte Feld gegangen, weil alle anderen Angst hatten. Er war aufs Geisterfeld gegangen, zu den Geistern, die einem die Seele aussaugten und dich zuerst innen und dann außen kaputtmachten. Und er hatte das Lama befreit, das mit den Hufen in einer Felsspalte steckengeblieben war. Er hatte es zurückgebracht, und es war ihm nichts geschehen.

Sie wandte den Kopf.

Aus allen Fenstern und Türen lugten die Frauen und die Mädchen hervor. Viele von ihnen waren nur deshalb gekommen. Dora hatte alles erzählt, und die Leute wußten Bescheid. Sie wußten, daß das Ende der Geschichte auf dem Platz stattfinden würde.

Der Platz schien leer und war doch voller Leben.

Furiosa fühlte Angst in sich aufsteigen. Große Angst. Sie wußte nicht, was sie tun sollte. Aber sie durfte nicht unterliegen, sich nicht diesen Traditionen ergeben, die sie daran hinderten, frei und nach ihrem Willen zu handeln.

Aber der Zauber...

Sie hatte mit El loco darüber gesprochen, und ganze zehn Minuten lang hatte er ihr immer wieder dieselbe Frage gestellt. Sie hatte ihn gefragt, ob es Geister gibt, ob die Geister schaden können, ob sie Zauberei annehmen, ob man mit Zauberei die Geister rufen kann, ob ein Zauber auch wieder vorübergeht, und er hatte auf jede Frage geantwortet:

„Wer hat die Geister erfunden? ... Wer hat die Geister erfunden?"

So lange, bis Furiosa geantwortet hatte:

„Woher soll ich das denn wissen?"

„Denk nach", hatte El loco gesagt, „wer hat die Geister erfunden?"

„Ich weiß es nicht, ich weiß es nicht."

„Wer spricht von den Geistern?"

„Wir."

„Die Menschen. Und der Mensch hat die Geister erfunden, wie alle anderen Dinge. Die Dinge, die er erfindet, gehören dem Menschen. Und auch die Geister, die er erfindet, gehören ihm."

„Aber warum erfindet er dann böse Geister? Warum?"

„Weil die Geister ihm helfen, die anderen das tun zu lassen, was er will."

El loco! Sie sah ihn kurz an, wie um sich Mut zu machen. Dann bemerkte sie, daß er keine Steine mehr in die Büchse warf. Auch er sah sie an. Er lächelte. Und Furiosa erkannte, daß er nicht wie ein Verrückter lächelte. Sein Lächeln half. Sein Lächeln gab Kraft.

Auch Tiuna und der Hund lagen unbeweglich auf dem Boden und warteten. Und auch Nieves wartete. Mit einem leeren, unwirklichen Lächeln. Aber in ihrem Lächeln lag großes Vertrauen. Furiosa war ihre Göttin: sie wollte sich so bewegen wie sie, sich genauso kleiden, genauso lächeln und genauso wütend sein.

Alle warteten. Dora kam aus dem Haus.

Die schwarze Katze trug sie auf dem Arm, und den Sack hielt sie in einer Hand.

„Nein", sagte Furiosa, „nein."

Langsam, Schritt für Schritt, ging sie auf den jungen Mann zu, obwohl sie viel lieber gelaufen wäre, um das, was sie tun wollte, schneller hinter sich zu bringen.

Die Finger spielten automatisch die Melodie weiter, aber der junge Mann sang nicht mehr. Er bemerkte gar nicht, daß er noch spielte.

Furiosa blieb vor ihm stehen. Das Gesicht rot, die Augen nur dank ihres Willens direkt auf sein Gesicht gerichtet.

„Danke, Rafael", sagte sie. „Danke. Dein Gesang ist leidenschaftlich, und deine Worte klingen süß. Aber ich ..."

Der junge Mann berührte jetzt die Gitarre nicht mehr. Er stand mit leicht gesenktem Kopf und ein wenig beschämt da.

„... ich", fuhr das Mädchen fort, „ich habe nicht die Absicht zu heiraten. Ich habe dich gern, Rafael, aber wie einen Freund. Und zum Freund will ich dich auch haben."

Sie streckte ihm ihre Hand hin.

Rafael, El nino, zögerte einen Augenblick: das war etwas Unvorhergesehenes, und wie man auf das Unvorhergesehene reagierte, hatte er nicht gelernt. Aber dann streckte er, noch immer ein bißchen zögernd, seine Hand aus, und Furiosa drückte sie fest.

„Freunde?" fragte das Mädchen.

„Freunde!" antwortete Rafael.

Klingklang!

Furiosa drehte sich um und lächelte El loco zu.

Auch Rafael sah ihn an. Und lächelte.

Hand in Hand gingen sie auf Yajen zu.

An diesem Abend sahen viele Frauen, die auf dem Platz dabeigewesen waren, ihren Männern direkt ins Gesicht. Mit hoch erhobenem Kopf, nicht mehr aus dem Augenwinkel wie früher. Sie hatten mit Furiosa eine große Hürde genommen.

Weihnachten kam näher.

Monate voller Aktivitäten, voll fieberhafter Arbeit waren vergangen.

Eines Sonntagmorgens rief der gutturale Klang des Pututo alle auf den Hauptplatz. Der Alkalde blies so lange in die Muschel, bis er sicher war, daß alle, aber auch wirklich alle Bewohner Tiunas ihn gehört hatten.

Auch Doña Ida, Jacopo, der Fleischer, und der Lehrer kamen. Mit einem Wort, alle.

„Drei Lastautos", sagte der Alkalde, nachdem es ihm gelungen war, Ruhe zu schaffen, „drei Lastautos und sechs Autos stehen drüben, am Fluß. Ein Bote hat Pater Ramon für sie um die Erlaubnis gebeten, in die Stadt zu kommen. Pater Ramon ist gestern abend zu mir gekommen. Ich habe mit den Alten und mit dem Lehrer gesprochen. Die Männer in den Autos sind Vertreter der Regierung. Der Herr Präfekt ist auch dabei. Sie wollen mit uns sprechen."

Alle nickten. Das war schon in Ordnung. Sie waren doch nicht Feinde. Der Herr Präfekt sollte nur kommen und mit ihm die Regierungsvertreter.

Der Alkalde räusperte sich und sagte dann etwas leiser – und in seiner Stimme schwang ein bißchen Angst mit –: „Die Männer in den Lastautos sind Soldaten!"

Mehr sagte er nicht. Und senkte den Kopf.

Ein kalter Schauer, wie ein eisiger Windstoß, durchlief die Menge.

„Aber die Soldaten", begann der Alkalde wieder, „die Soldaten werden außerhalb der Stadt bleiben. Das hat man uns gesagt."

Alle atmeten auf, und die gesenkten Köpfe hoben sich wieder.

„Die Männer der Regierung wollen nur mit uns sprechen", versuchte der Alkalde nicht nur sich selbst, sondern auch den anderen Mut zu machen. „Sie wollen uns einen Vorschlag unterbreiten."

Niemand sprach.

In der Stille tönte die Stimme von El loco: „Auch sie lieben die Sonne. Auch die Soldaten lieben die Sonne."

Diese Worte wiederholte er immer wieder, gab ihnen einen bestimmten Rhythmus. Es klang wie eine stille Melodie, voller

Sonne.

Der Alkalde lächelte.

„Unser Freund ist immer froh!“ rief er aus.

Da lächelten alle.

„Sie werden also kommen ...“, sagte der Alkalde.

„Warum werden die Soldaten draußen bleiben?“ unterbrach ihn Furiosa.

„Nun, das haben sie Pater Ramon gesagt. Sie wollen uns nicht erschrecken, und sie wollen nicht, daß es Zwischenfälle gibt.“

„Wenn wir die Soldaten nicht hereinlassen, werden sie denken, daß wir vor ihnen Angst haben“, meinte Furiosa. „Und jedesmal, wenn wir etwas verlangen oder nicht tun, was sie wollen, werden sie sagen: ‚Jetzt holen wir die Soldaten!‘“

Sie hatten vergessen, daß eine Frau, nein, ein Mädchen sprach. Sie hörten ihr zu, als würde einer der Alten sprechen. Und was Furiosa sagte, war klug.

„Alkalde, was meinst du dazu?“

„Ich glaube, daß deine Worte richtig sind. Wenn die Comunidad einverstanden ist, werde ich den Herrn Präfekten wissen lassen, daß auch die Soldaten nach Tiuna kommen können.“

Wieder eine schwierige Entscheidung. Aber sie lernten jetzt, solche Entscheidungen zu treffen. Und noch bevor Pater Ramon zur Messe läutete, hatten sie sich darüber geeinigt, daß auch die Soldaten in die Stadt kommen konnten.

Pater Juan ging zum Fluß und sagte dem Herrn Präfekten, daß die Einwohner von San Sebastian es als eine Ehre betrachteten, ihn und so hochgestellte Persönlichkeiten zu empfangen.

„Warum ist der Alkalde nicht selbst gekommen?“ fragte der Präfekt brüsk.

„Euer Exzellenz wissen besser als ich, was vorgefallen ist. Es ist besser, daß der Alkalde auf dem Platz wartet. Die ganze Stadt wird glücklich sein zu sehen, wie der Herr Präfekt dem Alkalden die Hand schüttelt.“

Richtig. Das war ein guter politischer Schachzug.

Um nur ja Zwischenfälle zu verhindern, konnte man auch das noch tun.

„Und sie haben nichts dagegen, daß auch die Soldaten kommen?“ fragte er, weil er fürchtete, falsch verstanden zu haben.

„Ja, sie haben gesagt, daß Tiuna …“

„Was?“

„Tiuna, so haben sie das Städtchen genannt.“

„So, jetzt ändern sie schon die Städtenamen, diese Bauernlümmel, diese Barfüßer … Aber denen werde ich zeigen, wer … wenn ich erst in der Stadt bin … dann …“

„Exzellenz, aber Exzellenz“, brachte ihn ein Abgeordneter aus der Hauptstadt lächelnd wieder zur Vernunft, „vergessen wir nicht, was wir erreichen müssen. Und ohne Zusammenstöße. Die Erzbaukompanie kann nicht länger warten. Ein bißchen Takt, ich bitte Sie um ein bißchen mehr Taktgefühl. Und keine bösen Gesichter. Lächeln, alle anlächeln, auch die, für die es besser wäre, nicht in diesen Bergen zu leben. Aber sagen Sie mir doch, Pater, was bedeutet das, Tiuna?“

„In Ihrer Sprache, Herr Abgeordneter, bedeutet Tiuna Morgenröte.“

„Schön, sehr schön! Und … sehr bedeutsam, wirklich sehr bedeutsam. Ich werde es mir merken.“

Der Abgeordnete hatte abstehende, „zugespitzte“ Ohren, wie eine Fledermaus. Diese Ohren wurden jetzt rot vor Freude.

Die Autos setzten sich in Bewegung.

Die Lastautos auch.

Inzwischen kamen die Leute in Tiuna aus der Messe und gingen, wie der Alkalde empfohlen hatte, nach Hause. Auf dem Platz blieben nur Pater Ramon, einige Alte, der Lehrer und der Alkalde. In einer Ecke, ihrer angestammten Ecke, saßen El loco und seine Freunde. Angelito, der Hund, Tiuna,

Nieves und Furiosa.

Eine mürrische, nervöse Furiosa, denn diese Geschichte gefiel ihr ganz und gar nicht.

Zuerst erschienen die Lastautos.

Es waren ganz gewöhnliche Lastautos, aber sie mußten mehrstöckig sein, denn aus ihnen stieg eine kleine Armee heraus. Die Soldaten tauchten immer zu dritt auf, liefen zu den Straßenkreuzungen und besetzten mit entsicherten Waffen alle strategisch wichtigen Punkte der Stadt.

Dann erschien das Auto des Präfekten.

Vier Männer stiegen aus: dunkle Anzüge, Schlapphüte, Schuhe, dunkle Brillen und die Wölbung unter der Jacke, alles war gleich.

Dann stieg der Präfekt aus. Man sah sofort, daß er der Präfekt war, es konnte gar niemand anderer sein.

Im selben Augenblick fuhren auch die übrigen Autos vor. Noch mehr Männer in dunklen Anzügen stiegen aus, die den vier Männern aus dem Auto des Präfekten ganz ähnlich sahen. Und dann kamen die Vertreter der Regierung und des Parlaments. Sie lächelten mit blitzenden Goldzähnen und hüllten sich in dicke Pelzmäntel. Nur einer lächelte nicht und betrachtete alles mit den Augen einer Maus: der Vertreter der Erzbaukompanie. Auch zwei Journalisten und ein Fotoreporter waren dabei. Alle drei arbeiteten für Zeitungen und Zeitschriften der Regierungspartei.

Der Präfekt ging zu den Abgeordneten. Die Abgeordneten bildeten sofort eine Gruppe, die geschlossen auf die Kirche zuging.

Lehrer und Alkalde verbeugten sich.

„Willkommen in Tiuna, Herr Präfekt. Im Namen der Comunidad von Tiuna heiße ich Sie willkommen!“

Wieder verbeugte sich der Alkalde. Dann hob er den Kopf und sah den Präfekten gerade an. Gerne hätte er sich weggedreht oder den Kopf gesenkt, um nicht durchmachen zu müssen, was er jetzt litt. Aber er wollte den Kopf doch nicht senken. Er vertrat die Comunidad, und er durfte nicht schwach sein. Und er wußte, daß der Präfekt von ihm völlige Unterwerfung erwartete.

Der Präfekt stellte ihm die Vertreter des Parlaments und der Regierung vor. Verbeugungen, Lächeln..

„Willkommen in Tiuna!“ wiederholte der Alkalde.

„Ist das denn nicht mehr San Sebastian?“ fragte der Präfekt.

„Nein, Herr Präfekt, nicht San Sebastian, sondern Tiuna!“

Der Alkalde sagte es, ohne sich zu unterbrechen, und atmetete dann auf und lächelte.

„Ach so, Tiuna also?“ Der Präfekt war im Begriff, loszuschreien. Der Offizier der Einheit hatte ihm durch ein Zeichen zu verstehen gegeben, daß alle Soldaten an ihren Plätzen und bereit waren. Jetzt konnten die Behörden beweisen, wer hier die Macht hatte. Aber der Abgeordnete mit den Fledermausohren, der Leiter der Kommission, lächelte, drückte dem Alkalden die Hand und rief:

„Tiuna, was für ein wunderbarer Name, den die Ahnen uns überliefert haben. Ein Name aus der ursprünglichen Muttersprache dieses Landes. Tiuna: das Licht der Morgenröte. Alkalde, ich gratuliere Ihnen zu diesem Namen. Ein Name, in dem ein ganzes Programm enthalten ist, in dem Arbeit, Ehre und Ernst mitklingen. Ein Name, der eine neue Zeit ankündigt, eine Zeit des Friedens, des Fleißes, des Respektes für die Gesetze. Tiuna“, seufzte er, „ja wir, die wir so weit weg sind, die wir für das Wohl des Volkes zu sorgen haben, wir vergessen nur allzu oft die Poesie. Sehen Sie“, sagte er zu seinen Kollegen, den übrigen Abgeordneten, „sehen Sie nur, wie poetisch diese guten Indios sein können, unsere Bürger, die geduldigen Mitglieder unseres geduldigen, aber starken Volkes. Dieser Name ist ein Gedicht: ein ganzes Gedicht. Das Bekenntnis des Glaubens an sich selbst, das Bekenntnis des Glaubens an den Staat. Trotz aller Mißverständnisse, trotz der traurigen Zwischenfälle, nennt das Volk diese Stadt Tiuna: die Morgenröte des Lichtes.“

Der Lehrer hüstelte. Er wollte sagen, daß sich der Abgeordnete mit den Fledermausohren geirrt hatte, aber dann überlegte er es sich doch wieder anders. Denn es war auf jeden Fall schön. Wie immer man es auch drehte, Tiuna bedeutete immer, daß etwas entstand. Ob man es nun mit „Licht der Morgenröte" übersetzte oder mit „Morgenröte des Lichtes".

Er lächelte.

Der Alkalde sah ihn an und lächelte dann ebenfalls.

Die Abgeordneten hatten schon vorher gelächelt, sie lächelten die ganze Zeit über.

Pater Juan und Pater Ramon standen bei den Abgeordneten. Sie hatten mit den Köpfen genickt und alle lächelnd begrüßt. Auch jetzt lächelten sie.

Der Alkalde bat den Herrn Präfekten, Tiuna zu besichtigen.

Erst als der Leiter der Kommission sich darüber glücklich zeigte, stimmte der Präfekt zu.

Der Alkalde zeigte voll Stolz die sauberen Häuser in den Regenbogenfarben, die Straßen und die ordentlich bewirtschafteten Felder.

Und wo sie hinkamen, wurden der Präfekt und die Abgeordneten lächelnd und mit würdigen Verbeugungen begrüßt.

„Und die Schule?" fragte der Abgeordnete mit den Fledermausohren. Er mußte doch einen Angriffspunkt finden können!

„Wir haben lesen gelernt, Señor", antwortete der Alkalde. „Alle haben es gelernt, die Jungen und die Alten. Wir gehen alle in die Schule. Die Schule ist eine gute Sache."

„Der Staat denkt an seine Kinder", lächelte der Abgeordnete. „Das dürft ihr nie vergessen. Vor allem Sie, Herr Alkalde, dürfen es nicht vergessen, denn Sie vertreten ihn ja. Sie sind der Staat, wissen Sie das? Deshalb müssen Sie alles tun, damit er respektiert wird. Nun ... die Schulen sind geschlossen, nicht wahr? Es gibt keine Lehrer, nicht wahr?"

„Die Schulen sind offen, Señor. Alle gehen in die Schule und lernen."

„Und ... und wer unterrichtet in dieser Schule, wenn es keine Lehrer gibt?“

„Ich“, antwortete der Lehrer und senkte den Kopf.

„Sind Sie ein staatlich geprüfter Lehrer?“ informierte sich lächelnd der Abgeordnete.

„Ich war es, Herr Abgeordneter, ich war es. Jetzt bin ich schon pensioniert und ... und helfe diesen armen Leuten.“

„Zahlt man Ihnen?“

„Aber nein, Herr Abgeordneter, ich mache das einfach so, aus ...“

Es ist schwer, zu erklären, daß man gewisse Dinge auch oder sogar nur aus Liebe tut. Der Lehrer konnte das richtige Wort nicht finden. Zum Glück sprach der Abgeordnete schon weiter: „Durch Sie haben diese Leute also gelernt, die Zeitung zu lesen, zu verstehen ...“

„Ja eben, Herr Abgeordneter. Sie diskutieren jetzt, sprechen über alle Probleme. Und sie können jetzt auch der Gewerkschaft beitreten. Sie wissen ja, daß nach dem Gesetz ein Analphabet nicht Gewerkschaftsmitglied sein kann, aber jetzt ...“

„Ja gibt es denn eine Bauerngewerkschaft?“ fragte der Abgeordnete.

„Nein, Herr Abgeordneter“, antwortete der Präfekt, „so eine Gewerkschaft gibt es nicht, denn die Bauern verschwenden nur selten ihre Zeit mit Lesen und Schreiben. Wozu sollten sie auch? Sie müssen den Boden und die Wolken lesen“, und er lachte über seinen eigenen Witz. Auch die Abgeordneten lachten und hörten so einen Moment lang auf zu lächeln. Sie hatten zwar nicht verstanden, worum es ging, aber das war nicht wichtig. Ihr Beruf war eben so. Nur „Fledermausohr“ lachte nicht. Ernst sagte er:

„Es muß eine Gewerkschaft auch für sie geben. Es muß sie geben, und es wird sie geben. Ich persönlich werde mich darum kümmern, sobald ich wieder in der Hauptstadt bin. Herr Präfekt, erinnern Sie mich daran! Das ist ein großes Problem, das ein für allemal gelöst werden muß.“

Wie gut der Abgeordnete doch war!

Er dachte an sie. Alle Abgeordneten müßten so sein wie er. Dann wäre der Staat auch anders.

Der Alkalde fühlte, daß er den Abgeordneten gern hatte. Er hätte ihn gerne gebeten, Taufpate seines jüngsten Sohnes zu sein.

„Herr Professor", sagte der Abgeordnete und begann wieder zu lächeln, „Herr Professor, Sie leisten hier eine wichtige Arbeit. Eine Arbeit, die alle kennen sollten und die man in allen Städten des Landes nachahmen sollte."

Der Präfekt sah ihn besorgt an.

„Mein lieber Herr Professor ... ich darf Sie doch so nennen? Sie verdienen es und, wissen Sie, Sie erinnern mich an meinen alten Lehrer, ich erinnere mich noch genau an ihn! ... aber was ich sagen wollte: mein lieber Herr Professor, ich möchte Sie um einen Gefallen bitten, um einen großen Gefallen ... Und Sie dürfen ihn mir nicht abschlagen, denn es geht um das Wohl des ganzen Landes! Ich möchte Ihnen vorschlagen, mit uns in die Hauptstadt zu kommen. Natürlich auf unsere Kosten, als Staatsgast. Wir werden einen Kongreß veranstalten, ich werde Sie Seiner Exzellenz, dem Herrn Erziehungsminister, vorstellen und ... und dann werden wir die Möglichkeiten untersuchen, diese Art von Schule im ganzen Land einzuführen."

Da beruhigte sich der Präfekt wieder. Wenn der alte Lehrer in die Hauptstadt fuhr, dann würde man schon ein Mittel finden, ihn dort einige Monate festzuhalten. Und inzwischen ... die Zeit war immer schon ein guter Arzt: sie heilt alle Wunden.

„Ganz richtig, Herr Abgeordneter", sagte er laut, „der Herr Professor müßte auch eine Auszeichnung erhalten. Man muß doch der Bevölkerung zeigen, wie der Staat seine treuen Diener belohnt."

Der Lehrer hielt den Kopf gesenkt.

Aber innerlich jubelte er. Er war glücklich über die Anerkennung, diese Anerkennung, die man ihm in vierzigjähriger Arbeit niemals gegönnt hatte.

„Und das Gefängnis? Wer ist im Gefängnis?“ wandte sich der Präfekt an den Alkalden.

„El loco, Herr Präfekt. El loco mit Nieves und dem Kind.“

„Habt ihr sie verhaftet?“

„Verhaftet? El loco und die Speichlerin? Aber Señor, was sagen Sie denn da?“ Und der Alkalde lachte laut heraus.

„El loco und Nieves sind … sind zwei …“, versuchte Pater Ramon dem Präfekten zu erklären und tippte mit dem Finger gegen seine Stirn.

„Ich habe verstanden. Was haben sie getan?“

„Nichts, Exzellenz. Sie leben im Gefängnis, weil es das einzige leerstehende Haus ist.“

„Wollen Sie damit sagen, daß niemand im Gefängnis ist?“

„Niemand, Herr Präfekt.“

„Ja und die Gesetze? Die Einhaltung der Gesetze? Der Respekt vor den Behörden …“, brüllte der Präfekt.

„Exzellenz“, unterbrach ihn der Lehrer, „hier ist niemand im Gefängnis, weil niemand stiehlt oder respektlos ist.“

„Es stimmt, Exzellenz“, bestätigte der Alkalde die Worte des Lehrers. „Niemand stiehlt, niemand tut anderen etwas Böses … Wir sind eine Comunidad, Señor. Alles gehört allen. Und wenn jemand etwas braucht, dann bittet er darum. Wir haben nicht viel, aber was wir haben, gehört allen.“

„Erzählt mir von eurer Comunidad“, bat der Abgeordnete.

„Das ist eine antike Lebensform, Señor, die Väter unserer Väter lebten schon so. Die Hälfte der Felder wird unter die einzelnen Familien aufgeteilt. Die andere Hälfte bearbeiten wir turnusweise, um das Geld aufzubringen, das wir brauchen.“

„Gut, gut …“

„So funktioniert das. Was alle anderen Arbeiten betrifft, den Straßenbau zum Beispiel, also alles, was so anfällt … da arbeitet jeder mit oder zahlt eine kleine Summe, wenn er nicht arbeiten kann. Alle: Männer und Frauen.“

„Gut, sehr gut! Und sonst?“ fragte der Abgeordnete.

„Und sonst ... ach ja: wir haben beschlossen, nur eine bestimmte Anzahl von Stunden zu arbeiten.“

„Wie viele?“

„Dreißig, Señor, dreißig Stunden pro Woche.“

„Und was macht ihr in der übrigen Zeit?“

„Wir versammeln uns. Ja, wir versammeln uns, um zu lernen, um zu singen, zu tanzen ... manche Leute zeichnen auch oder modellieren oder machen Vasen ... jeder tut, was ihm Spaß macht, und jeder entdeckt immer etwas Neues, das er gerne tun möchte.“

„Und wenn eine dringende Arbeit anfällt?“

„Dann erledigen wir sie alle gemeinsam und so schnell wie möglich.“

„Was uns fehlt, sind die Beziehungen zu den anderen Dörfern. Es gibt keinen Austausch, und wir können unsere Wirtschaft nicht stabilisieren“, sagte der Lehrer, „gerade darum wollten wir Eure Exzellenz bitten.“

„Richtig, richtig“, lächelte der Abgeordnete, „und ...“

„Warum diese Farben an den Häusern?“ fragte der Präfekt. „Habt ihr die Bewilligung dazu gehabt?“

„Hätten wir denn eine Bewilligung gebraucht?“ fragte der Alkalde, aber er senkte den Kopf nicht.

„Natürlich müßt ihr eine Bewilligung haben. Das sieht hier ja aus wie ein Dorf von ... Verrückten, so bunt, wie es ist. Das gehört sich nicht. Im ganzen Land gibt es kein solches Dorf.“

„Ganz richtig“, bestätigte der Alkalde mit stolz erhobenem Kopf. „Es gibt kein zweites Tiuna. Vielleicht ist es ein Dorf von Verrückten, Exzellenz, aber es ist heiter. Heiter.“

„Ich möchte mit dem Ältestenrat sprechen“, unterbrach der Abgeordnete mit den Fledermausohren. Er wollte nicht, daß sie sich an Dummheiten festbissen. Es war doch nicht wichtig, ob die Häuser bunt waren oder nicht. Ihm war die Situation klar, und er wußte auch, daß man diese Leute überlisten mußte. Es waren zwar einfache Menschen, aber sie glaubten an das, was sie taten. Man mußte ihnen eben beweisen, daß sie unter der Leitung des Präfekten noch bessere Ergebnisse erzielen und anderen Comunidades helfen konnten.

„Wann, Señor?" fragte der Alkalde.

„Wenn die Comunidad es wünscht", lächelte der Abgeordnete.

Sie waren also wichtig.

Der wichtige Mann aus der Hauptstadt befahl nicht, sondern überließ ihnen die Entscheidung. Er zwang sie zu nichts.

„Morgen abend, Señor?"

„Einverstanden, Alkalde."

„Wir werden ein Fest machen, Señor. Die Comunidad freut sich, Ihnen eine Pachamanca anbieten zu können."

„Eine ... Pachamanca?" Der Abgeordnete wußte nicht, was das war, obwohl er das Wort schon einmal irgendwo gehört haben mußte.

„Das ist ... das ist, sagen wir es so: das ist eine traditionelle Speise, Herr Abgeordneter", erklärte der Lehrer.

„Ach ja, ein traditionelles Gericht. Richtig, richtig!" Und der Abgeordnete lächelte wieder.

„Man gräbt ein Loch in den Boden, zu diesem Anlaß ein besonders großes Loch, Herr Abgeordneter, und legt dann glühende Steine hinein. Wenn Sie wollen, Herr Abgeordneter, können Sie dabei zusehen."

„Wir haben viel zu tun, Herr Professor, sehr viel ... aber das Fest, ich meine die Pachamanca, freut uns sehr. Und was kommt nach den glühenden Steinen?"

„Der Backofen, der auf diese Weise entsteht, wird mit Rindfleisch, Ziegenfleisch, Hühnern, Hammelkeulen und dann mit Kartoffeln und frischen Maiskolben gefüllt. Auch Camotes kommen hinein. Das Ganze deckt man mit Bananenblättern ab und legt dann noch einmal glühende Steine und schließlich Erde darüber. Sie werden es morgen sehen. Es ist eine ganze Zeremonie, denn es gibt nicht allzu viele Menschen, die eine gute Pachamanca zubereiten können. Es ist wirklich eine

Kunst. Man muß die Zeiten genau berechnen, die Bananenblätter müssen alles gut bedecken, ja ..."

„Mir läuft schon das Wasser im Mund zusammen", sagte der Abgeordnete, zwinkerte dem Lehrer zu und nahm ihn am Arm. „Das Wasser läuft mir im Munde zusammen!"

Man brachte den Präfekten und die Abgeordneten zum Haus des Richters.

Der Richter war nicht da. Er war nach dem Aufstand nicht mehr zurückgekommen, aber er hatte Pater Juan die Schlüssel gegeben.

Und die Mutter der Speichlerin hatte auf Bitten Pater Juans alles vorbereitet, nachdem sich Doña Ida geweigert hatte, die Zimmer für die Herren zu richten.

Der Alkalde und der Lehrer verabschiedeten sich und kehrten auf den Hauptplatz zurück, um den Leuten zu berichten, worüber man gesprochen hatte.

Sobald Alkalde und Lehrer gegangen waren, verschwand das Lächeln aus dem Gesicht des Abgeordneten. Seine vollen, freundlichen Lippen wurden plötzlich hart und schmal.

„Wir müssen die Kontrolle über die Situation wieder übernehmen", sagte er. „Die Angelegenheit ist viel ernster, als es zunächst schien. Hören Sie mir zu."

Lange berieten sie.

Bis spät in die Nacht sahen die Indios, die vorbeigingen, Licht im Haus des Richters. Aber man hörte keine lauten, fröhlichen Stimmen, kein Lachen und auch keine Musik wie früher.

Die Alten, alle Alten, versammelten sich auf dem Platz.

Die Bewohner von Tiuna, alle Bewohner von Tiuna, die Platz fanden, hatten sich ebenfalls versammelt. Wer nicht auf dem Platz selbst war, stand an den Fenstern der Häuser um den Platz.

„Warum denn auf dem Platz?" fragte der Präfekt den Alkalden.

„Weil sich fast alle nur auf dem Platz versammeln können. So können alle mitsprechen."

„Alle? Aber Sie sollten doch nur den Ältestenrat einberufen!"

„Der Ältestenrat ist versammelt."

„Und alle diese Menschen?"

„Gehören zur Comunidad."

„Aber was machen sie hier?"

„Sie sind hier, weil sie zur Comunidad gehören. Entscheidungen müssen wir alle gemeinsam treffen, sonst sind es nicht die Entscheidungen der Comunidad."

„Und der dort, gehört der auch zur Comunidad?" und der Präfekt zeigte in die Ecke, wo El loco mit Nieves scherzte.

„Er gehört auch zur Comunidad. Er ist ein bißchen verrückt, aber er sagt auch Dinge, die richtig sind."

Der Präfekt ging, bevor er endgültig vor Zorn explodierte, zum Abgeordneten mit den Fledermausohren und beriet sich flüsternd mit ihm.

Der Alkalde lächelte seinen Leuten zu. Von der kleinen Tribüne, die sie aufgebaut hatten, konnte er alles überblicken. Er grüßte einzelne Comuneros mit der Hand, und als der Präfekt zu ihm kam und sagte, sie könnten jetzt beginnen, blies er dreimal in den Pututo. Dann stellte er den Präfekten und die Abgeordneten aus der Hauptstadt vor und versprach sich dabei ein paarmal.

Der Abgeordnete mit den Fledermausohren lächelte. Ein so offenes, zutrauliches Lächeln, daß alle es erwiderten.

„Meine Freunde", begann er, „meine lieben Freunde. Vor allem bringe ich euch die Grüße des Herrn Präsidenten und des Parlaments, ja, sogar die Grüße der Nation."

Sie fühlten sich sehr wichtig. Die Nation grüßte sie!

„Und ich bin glücklich, euch mitteilen zu dürfen, daß der Staat mit dem Namen einverstanden ist, den ihr eurer Stadt gegeben habt. Hiermit taufe ich diese Stadt San Sebastian-

Tiuna."

„Tiuna, nur Tiuna!" flüsterte der Alkalde.

Der Abgeordnete lächelte.

„Ein wunderbarer Name, gleich neben dem Namen des Heiligen, der euch beschützt und der vor so vielen Jahren hier rastete ..."

Das hatte niemand gewußt, aber wenn dieser Mann, der sie so freundlich anlächelte, es sagte, dann mußte es stimmen.

„Der neue Name, verbunden mit dem Namen des Heiligen, den die Pfeile böser Indios durchbohrten. Sie waren Rebellen und auf zweifache Art aufrührerisch, denn sie töteten einen Heiligen und lehnten sich dadurch gegen Gott selbst auf." Er schwieg eine Weile. Auf dem Platz fühlte man förmlich die schweren Gedanken der Indios. Der Abgeordnete wollte, daß diese Idioten begriffen: Aufstand bedeutete Auflehnung gegen Gott. Wenn sie sich also aufgelehnt hatten, dann auch gegen Gott.

„... dem Namen des Heiligen, den aufständische Indios mit ihren Pfeilen töteten, fügt ihr jetzt also den wunderbaren Namen Tiuna hinzu. Dieser Name sagt sehr viel, er macht heute San Sebastian-Tiuna im ganzen Land berühmt. Das ganze Volk sieht auf euch. Auf euch, die ihr gezeigt habt, wie eine Comunidad sich verändern kann, wie sie reich werden kann. Wir sind zu euch gekommen, um zu verhindern, daß sich zwischen euch rebellische Indios einnisten wie jene, die sich gegen Gott aufgelehnt und den heiligen Sebastian mit ihren Pfeilen getötet haben. Wir sind gekommen, um euch Sicherheit zu bringen und euch auf wirtschaftlichem und sozialem Gebiet zu helfen. Wir wollen Ordnung schaffen, eine Ordnung, die der sozialen Entwicklung in Wohlstand und Freiheit dienen soll. Für die Comunidad."

Genauso sagte er: für die Comunidad.

Aber dann waren sie ja wertvoll?

„Wir sind gekommen, um die Ordnung wiederherzustellen. Denn nur die Ordnung gibt der Comunidad die Möglichkeit, besser zu leben. Und um Ordnung garantieren zu können, muß es Sicherheit geben. Ordnung ohne Sicherheit oder Sicherheit ohne Ordnung kann es nicht geben. Alle müssen in Sicherheit leben: Der Staat muß Sicherheit haben, und die Comunidad muß Sicherheit haben. Wer aber gegen die Ordnung ist, ist ein Rebell. Wer gegen die Ordnung ist, trachtet allen nach dem Leben. Wer gegen die Ordnung ist, will nicht nur seine eigene Comunidad, sondern alle Comunidades überhaupt zerstören. Wir werden die Ordnung wiederherstellen in San Sebastian ... Tiuna", fügte er noch rasch hinzu, denn beinahe hätte er es vergessen. „Wir werden euch also die Sicherheitskräfte zurückgeben, die Soldaten werden zurückkehren und euch helfen, gegen die Rebellen zu kämpfen. Wir werden euch Recht und Freiheit zurückgeben und jene Sicherheit, die euch nur Gesetze garantieren können. All das werden wir euch geben. Als Gegenleistung verlangen wir nur, daß ihr der Heimat treu bleibt, die Gesetze befolgt und den Privatbesitz respektiert. Und daß ihr den Behörden Gehorsam leistet, die für euch sorgen. Wir werden neue Schulen eröffnen und ein Ambulatorium einrichten. Und wir werden auch ein Kino aufmachen, ja, ein Kino, hier in San Sebastian-Tiuna. Wir werden auch alles tun, daß ihr der Gewerkschaft beitreten könnt, die eure ureigensten Rechte verteidigen wird. Der Handel muß wieder angekurbelt werden, also werden wir die Geschäfte wieder aufsperren. Lastwagen mit allen Dingen, die ihr benötigt, sind schon unterwegs nach San Sebastian. Auch der Richter wird zurückkehren und dafür sorgen, daß die Gesetze befolgt und die Schuldigen bestraft werden."

Noch eine volle halbe Stunde sprach der Abgeordnete. Er erzählte von Friede und Wohlstand, von Hilfe und Verständnis. Vor allem aber sprach er von Ordnung, Ordnung, Ordnung.

Die Ordnung retten.

Die Ordnung wiederherstellen. Die Ordnung erhalten. Die Ordnung respektieren.

„Wir werden bald gemeinsam die Rückkehr San Sebastians in die Normalität feiern", schloß er, noch immer lächelnd. „Alles kommt wieder in Ordnung. Jeder kehrt an seinen Platz, zu seiner Arbeit zurück. In Ordnung und für die Ordnung."

Er erwartete jetzt Applaus.

Aber niemand klatschte.

Um genau zu sein: der Präfekt, die beiden Priester und die anderen Abgeordneten klatschten. Aber durch das Schweigen der Menge klang ihr Beifall noch leiser.

Der Abgeordnete mit den Fledermausohren sah seine Kollegen fragend an.

Der Präfekt zischte dem Alkalden ins Ohr:

„Warum klatschen sie nicht?"

Der Alkalde antwortete nicht. Und doch hätte er antworten müssen. Aber in seinem Kopf gingen die Gedanken so durcheinander, daß er sie nicht in Worten ausdrücken konnte. Unendlich viele Dinge wollte er sagen. Schließlich stieß er, vor Anstrengung schwitzend, hervor: „Aber, das heißt ja ... alles wie früher?"

„Ordnung, Alkalde, Ordnung", erklärte der Abgeordnete freundlich. „Man wird eure Rechte respektieren, und ihr werdet die Rechte des Staates respektieren. Die Comunidad wird weiter bestehenbleiben. Die Bergarbeiter werden zu ihrer Arbeit zurückkehren. Das Land wird den Besitzern zurückgegeben."

„Wir haben niemandem Land weggenommen. Die Comunidad hat ihr eigenes Land."

„Richtig, richtig. Und niemand wird es wegnehmen. Der Richter ..."

„Der Richter hat ..."

„Ich weiß, ich weiß. Auch das wird geregelt. Wir werden alles berücksichtigen. San Sebastian kehrt wieder in die heimatliche Gemeinschaft zurück, und alle werden nach den Gesetzen und in Ordnung leben."

Der Alkalde senkte den Kopf.

Alle auf dem Platz senkten den Kopf.

Während der Abgeordnete gesprochen hatte, waren ihre Gesichter zu Masken erstarrt, zu einem Ausdruck bewegungsloser Unterwerfung. Niemand lächelte mehr, die Gesichter waren traurig, voller Schwermut. Alles würde so sein wie früher. Alle ihre Anstrengungen, ihre Kämpfe, ihre Arbeit waren umsonst gewesen. Alles umsonst.

„Seine Exzellenz, der Herr Präfekt, will zur Comunidad sprechen", lächelte der Abgeordnete.

Der Präfekt begrüßte sie. Auch er sprach von Ordnung, kam auf das Problem der Rebellen zurück, sagte, daß man den Rebellen, da die Ordnung nun wiederhergestellt sei, verzeihen werde. Jeder solle wieder an seine Arbeit gehen und …

„… und noch eine Kleinigkeit. Eine ganz unwichtige Sache. Ich bewundere euch, deshalb kann ich euch auch um einen Gefallen bitten. Seht ihr, so wie San Sebastian jetzt ist, sieht es wie ein Dorf von Verrückten aus", er lachte über seinen Witz und war froh, ihn gemacht zu haben, denn die Köpfe hoben sich und aufmerksame Augen sahen ihn an. Deshalb wiederholte er: „Wirklich, wie ein Dorf von Verrückten, mit diesen Farben", und er zeigte auf die Häuser, „mit diesen verrückt angemalten Häusern, mit diesen … diesen dummen Farben … Gut, um die Rückkehr San Sebastians zur Ordnung zu feiern, verspreche ich euch hiermit feierlich, daß ich die für diese dumme Tat Verantwortlichen nicht bestrafen werde."

Bewegung ging durch die Menge. Jeder sah jeden an, und dann begann irgendwer zu lachen. Es war ansteckend, und bald lachten alle.

Der Präfekt war wie versteinert. Er verstand nicht, warum sie lachten, und wußte nicht, ob er mitlachen sollte oder nicht. Auch die Abgeordneten waren erstaunt. Da tat er dasselbe wie sie: er wartete.

Der Abgeordnete mit den Fledermausohren stellte fest, daß die Gesichter sich entspannten. Auch die Miene des Alkalden hatte sich verändert. Die Leute sahen jetzt wieder interessiert drein, schienen bereit zu kämpfen.

„Ist es nicht an der Zeit für die Pachamanca?" fragte er den Alkalden lächelnd.

Der Alkalde hörte nicht auf zu lachen, während er zustimmend mit dem Kopf nickte.

Und der Backofen in der Erde wurde geöffnet.

Zwei Tage lang diskutierten die Beamten mit dem Alkalden und den Ältesten.

Zwei Tage lang diskutierten der Alkalde und die Ältesten mit den Comuneros.

„Sie sagen, daß wir zur Ordnung zurückkehren müssen", erklärte der Alkalde in der Versammlung.

„Sie sollen euch erklären, worin wir außerhalb der Ordnung stehen", sagte Manuelita.

„Was verstehen sie denn unter Ordnung?" fragte Dora, die Großmutter.

Die Frauen nahmen aktiv an den Beratungen teil, und gerade sie widersetzten sich den Forderungen der Beamten am heftigsten.

Niemand wußte, was die Behörden unter Ordnung verstanden. Die Großmutter hatte recht. Was bedeutete dieses Wort? Die Beamten drückten sich nie klar aus. Ordnung war eben Ordnung.

„Ordnung bedeutet, absolut gehorsam sein", kommentierte Furiosa. „Das heißt bei ihnen Ordnung. Du kannst sprechen, kannst sagen und tun, was du willst, und sie sagen dann, daß du frei bist. Aber wenn du ihre Pläne durcheinanderbringst oder sie selbst störst, bist du ein Rebell. Ordnung heißt: sie nicht stören. Alles tun, was sie wollen. Ordnung heißt: sie und das, was sie tun, nicht kritisieren. Aber diese Art von Ordnung wollen wir nicht mehr."

Die Alten schüttelten bei diesen gewagten Worten Furiosas die Köpfe. Aber sie stimmten für den Brief, den der Alkalde dem Abgeordneten mit den Fledermausohren übergeben sollte und in dem sie feststellten, daß die Comunidad die Gesetze befolgte, daß sie aber das Recht haben wollte „zu wachsen“ (das hatte der Lehrer so vorgeschlagen!), zu wachsen, nach ihrem Willen und nach dem Beschluß der Comuneros selbst.

Vielleicht wäre der Abgeordnete sogar einverstanden gewesen und hätte die ganze Sache auf sich beruhen lassen. Aber die Erzbaukompanie wollte das Land haben. Die Regierung hatte das Land schon verkauft. Und der Abgeordnete mit den Fledermausohren mußte es jetzt bekommen. Er mußte mit Gefühlen und Worten manövrieren, mußte viel riskieren und doch immer deutlichmachen, wie tolerant der Staat war.

Der Staat war tolerant, daß mußte ganz klar werden.

Der Staat war so tolerant, daß er auch verzichten konnte. Die Regierung wollte nicht, daß die Angelegenheit womöglich vor die UNO kam. Das war gewiß nicht der richtige Augenblick, bestimmte Rechte der Minderheiten in Frage zu stellen.

Der Abgeordnete mit den Fledermausohren mußte also selbst sehen, wie er mit der Sache fertig wurde... Deshalb wurde lange, geduldig und lächelnd verhandelt.

Jetzt aber mußte man die Zügel straffen. Diese „Bauern“ begannen frech zu werden. Man hatte ihnen immer alles gegeben. Und jetzt, wo der Staat sie um ein paar Hektar Land bat, redeten sie von alten Rechten. Von Rechten, die so alt waren, daß sich niemand mehr an ihre Existenz erinnerte. Zum Teufel mit ihnen!

Und hinter all dem spürte man die Lehren Castros. Schlimmer noch, Che Guevaras. Diese Leute wurden von der politischen Propaganda mißbraucht. Waren Diener des internationalen Kommunismus. Chinesen sah man hier noch nicht, aber... Aber wie kam es, daß dieses Häuflein Bauerntölpel von Respekt sprach, Respekt gegenüber dem Kollektiv und dem einzelnen? Wieso forderten sie das Recht, immer über alles zu diskutieren, jede Handlung des Kollektivs zu beurteilen?...

Und doch: Sie hatten noch Angst, diese Indios.

Das fühlte er.

Er mußte also etwas finden, was ihre Angst steigerte. Dann würden sie schon wieder gehorchen.

Man könnte jemanden verschwinden lassen. Er mußte den „Kopf“ der Verschwörung finden, den Anführer. Der müßte dann verschwinden.

Oder gab es mehrere Anführer?

Diese Frage hatte er sich gestellt. Und er hatte lange darüber nachgedacht. Jedes Element hatte er genau untersucht, alle Bewohner des Dorfes genau unter die Lupe genommen. Sogar mit dem Richter hatte er gesprochen, den er eines Nachts heimlich hatte holen lassen. Aber obwohl die Polizei überall herumhorchte, hatte er nichts erfahren können.

Wer war der Anführer?

Die Polizisten hatten ihm gesagt, daß sie sehr bald, ja sofort, alles herausbekommen könnten, wenn er ihnen nur erlaubte, ihre eigenen Methoden anzuwenden.

Aber das war zu diesem Zeitpunkt nicht möglich.

Jetzt mußte man abwarten.

Sie wußten nur, daß das Mädchen sicher damit zu tun hatte. Furiosa wurde sie von allen genannt.

Aber schließlich war sie ja nur ein Mädchen, rebellisch, wie alle jungen Leute. Sie wollte und konnte er nicht beseitigen lassen. Vielleicht aber konnte er über sie den Anführer finden.

Der Präfekt schlug schließlich einen Aktionsplan vor.

„Wenn sie sich gegen die Armee auflehnen“, erklärte er, „dann muß die Armee eingreifen, um den Aufstand niederzuschlagen. Die Journalisten sind da: man kann Fotos machen, und wenn es die Herren Abgeordneten wünschen, kann auch ein Dokumentarfilm gedreht werden ...“

„Sie werden sich aber nicht gegen die Soldaten auflehnen“, warf der Abgeordnete ein.

„Die Häuser, Herr Abgeordneter. Denken Sie an die Häuser. Sie haben sie bunt bemalt. Gut, heute noch wird man den Soldaten den Befehl geben, alle Häuser weiß zu streichen.

Die Farbe habe ich bereits kommen lassen. Ein paar Häuser werden genügen. Sie werden es nicht zulassen und sich dagegen auflehnen."

„Und wenn sie sich nicht auflehnen?"

„Dann unterwerfen sie sich und erkennen unsere Macht an!"

Der Plan war teuflisch und klug.

Entweder offener Aufruhr oder – Unterwerfung.

Sie begannen auf dem Platz. Eine Gruppe von Soldaten nahm sich das erste Haus auf der rechten Seite vor, die andere das erste Haus auf der linken Seite.

Sie strichen sie weiß, ganz weiß.

Die lebhaften Farben, die Hände in Sonnenform verschwanden unter dem eintönigen Weiß.

An den Straßenkreuzungen standen Gruppen von bewaffneten Soldaten. Auch außerhalb des Platzes hielten sich Soldaten bereit. Und alle waren bewaffnet.

Zuerst kamen die Kinder und schauten. Dann die Frauen. Und schließlich die Männer.

Man wollte ihre Arbeit zerstören. Das war klar. Man wollte, daß alles wieder so wurde, wie es früher gewesen war. Auch das war klar. Das Weiß tötete die Farben. Das Weiß tötete Tiuna.

Furiosa kam angelaufen, und hinter ihr kamen Rafael El nino, Anita, José, Carlos, Jorje, Miguelito, Asuncion.

„Warum?" fragte Furiosa und stellte sich direkt vor einen Soldaten, der gerade den Pinsel eintauchte.

„Was willst du?" fragte der Soldat. Er war fröhlich. Das Mädchen war schön, voller Feuer, mit diesen hellblauen, eigenartigen Augen. Und sie stand ganz nahe vor ihm.

„Warum nimmst du unseren Häusern die Farbe?" beharrte Furiosa auf ihrer Frage. Aus ihren Augen verschwand langsam die hellblaue Farbe, die sie hatte leuchten lassen. Sie wurden jetzt grau, kalt und schneidend. Dem Soldaten wurde es ungemütlich. Er drehte sich nach seinen Kameraden um. Einer von ihnen befahl Furiosa wegzugehen.

„Warum?“ wiederholte Furiosa, „die Häuser gehören uns. Was wollt ihr hier?“

„Wir tun, was man uns befiehlt. Man hat uns befohlen, die Häuser weiß zu streichen, und wir streichen sie weiß. Wenn euch irgend etwas nicht paßt, dann geht zum Hauptmann.“

„Aber du wirst inzwischen nicht weiterstreichen“, sagte Furiosa und stellte sich zwischen die Wand und den Soldaten mit dem Pinsel.

Ihre Freunde taten das gleiche. Sie hatten zwar Angst, aber sie waren bereit zu kämpfen.

Jetzt schlossen sich auch die Männer den jungen Leuten an. Und sie sahen sehr drohend drein. Die Soldaten waren jung, Indios, die man aus fernen Dörfern geholt hatte. Jetzt zogen sie sich unentschlossen zurück. Sie wußten nicht, wie sie sich verhalten sollten.

„Verschwindet“, sagte der Gefreite, „geht weg, sonst ...“

Was er sonst tun würde, sagte er nicht. Aber er konnte nicht zulassen, daß sie, die Soldaten, von Männern daran gehindert wurden, einen Befehl auszuführen. Solange es sich um Jugendliche handelte, konnte es noch angehen. Aber erwachsene Männer? Nein! Das war bereits Anmaßung. Das war bereits ein Aufstand gegen die Soldaten, das heißt ein Aufstand gegen den Staat, gegen die Ordnung.

Der Gefreite ließ die Soldaten die Farbtöpfe auf den Boden stellen und die Gewehre in Anschlag bringen.

Da mischten sich die Frauen ein.

Sie packten ihre Männer an den Armen und zerrten sie schreiend und bittend in die Mitte des Platzes.

„Gehen wir, gehen wir nach Hause“, baten sie, „laßt euch nicht sinnlos töten. Ob eine Wand weiß oder bunt ist, sie bleibt doch immer nur eine Wand.“

„Wenn sie bunt ist, ist sie unsere Wand“, erwiderte Furiosa. „Wenn sie weiß ist, ist es die ihre.“

Die Frauen hielten die Männer in der Mitte des Platzes fest. Nur das Grüppchen von Jugendlichen blieb an der Wand stehen.

„Verschwindet von da!" befahl der Gefreite.

„Versuch nur den Pinsel einzutauchen, und du wirst sehen ...", zischte Furiosa.

„Was willst du mir denn zeigen?" die Frage des Gefreiten war ironisch, aber auch beleidigend.

Rafael El nino murrte:

„Rühr sie nicht an, sonst ..."

Das Gesicht des Gefreiten wurde ernst. Niemand durfte ihn vor einem Mädchen beleidigen.

„Hör auf, du", befahl Furiosa Rafael. „Und du, laß uns in Frieden. Wir haben euch nicht geholt. Und die Häuser gefallen uns so, wie wir sie bemalt haben."

„Mir ist es ganz egal, welche Farbe eure Häuser haben. Und es ist mir auch egal, daß sie weiß gestrichen werden sollen. Aber man hat mir gesagt, daß ich sie anstreichen soll, und das werde ich auch tun."

„Und wenn sie dir also sagten, du sollst mir die Kehle durchschneiden, würdest du es tun, auch ganz ohne Grund? Nur weil man es dir gesagt hat?" fragte Furiosa ironisch.

Der Gefreite antwortete nicht sofort.

„Ich schneide keine Kehlen durch, ich gehorche."

„Du gehorchst, ohne nachzudenken?"

„Laß mich in Frieden. Ich tue, was man mir sagt: das ist der Beruf des Soldaten."

„Richtig. Man soll handeln, ohne zu denken. Das wollen sie. Das wollen sie auch von uns. Wir aber haben getan, was wir für richtig halten, was unser Recht ist."

„Gut, du kannst deine Rede dort auf dem Platz beenden, wo die anderen sind. Und wir streichen inzwischen weiter, einverstanden?"

„Das Mädchen hat recht", murmelte ein Soldat, während er den Pinsel eintauchte.

„Kann schon sein“, antwortete der Gefreite, „aber man hat uns befohlen zu streichen, und wir streichen, verstanden? Vorwärts!“

Die Soldaten hoben die Pinsel und hielten sie unentschlossen in den Händen.

„Verschwindet, oder ihr bekommt ein paar Tritte in den Hintern!“ befahl der Gefreite. Und er würde sich Gehorsam verschaffen.

Er hob das Gewehr und entsicherte es.

„Verschwindet“, befahl er trocken, „verschwindet, oder ich schieße.“

Furiosa lachte. Ein nervöses Lachen, aber das bemerkte niemand. Nur sie selbst wußte, wieviel Angst in diesem Lachen lag, das aus ihr hervorsprudelte.

„Los“, feuerte sie ihn an, „dann kannst du streichen und Löcher machen, streichen und Löcher machen, wie ein Idiot!“

Der Gefreite hielt sich nur zurück, weil es ein Mädchen war, das ihn verspottete. Noch dazu ein hübsches Mädchen. Aber zum Teufel, warum mußte sie ihn stören, statt an ihr Spinnrad zu denken?

Vom unteren Ende des Platzes näherte sich, mit entsicherten Gewehren, eine Patrouille. Allen voran lief ein Sergeant mit einer Pistole in der Hand.

El loco war schneller als sie.

Er kam lachend heran, gefolgt von Nieves.

„Schön, schön, spielen wir, spielen wir“, schrie er. „Die neue Wand ist schöner.“

Zwischen dem Gefreiten und Furiosa blieb er stehen.

„Aus dem Weg, Yajen“, warnte ihn das Mädchen.

El loco lachte.

„Verschwinde!“ befahl der Gefreite.

„Schön!“ El loco nahm einem Soldaten den Pinsel aus der Hand und strich damit über Furiosa, Rafael, Anita, José, Carlos, Miguelito und Asuncion und dann über die Wand.

Nieves machte ihn lachend nach und zeichnete eine zweite

Linie.

„Los, los, malen wir, malen wir", forderte El loco lachend auf, ergriff die Hand eines Soldaten, der die Szene entgeistert betrachtete und führte sie, sodaß über die Körper der Jugendlichen eine dritte Linie lief und an der Wand endete.

„Vorwärts! Vorwärts! Alles Licht! ... Alles Licht! Die Soldaten lieben das Licht ... Los, los. Alles Licht, alles Licht, die Soldaten lieben das Licht!"

Er sang, wie nur er singen konnte, sang und tauchte den Pinsel ein.

Furiosa verstand ihn und rückte weiter, gefolgt von den übrigen, damit er weitermalen konnte.

„Vorwärts, Freund", rief sie dem Gefreiten zu, „vorwärts, so lautet dein Befehl!"

Der Gefreite lächelte. Aber ja! So war es besser. Auf diese Art führte er seinen Befehl aus und tat doch diesen Leuten, die genauso arm waren wie seine eigenen Leute, nichts zuleide.

Und als der Sergeant, der den letzten Teil der Szene gesehen hatte, ihn fragte, ob alles in Ordnung sei, antwortete der Gefreite lachend, es sei alles in Ordnung, alles sei wunderbar.

Auch die Soldaten lachten, und an den Hauswänden standen immer mehr Menschen.

Und an den Mauern sah man jetzt die Umrisse der Bewohner von Tiuna. Die Mauern waren weiß und die Bilder der Menschen bunt.

Hinter El loco und Nieves kamen jetzt alle her, während Tiuna zu Doña Ida lief und Pinsel holte, damit auch die Kinder spielen konnten.

Auch der Alkalde ließ sich, am Haus des Richters, weiß streichen. Seine Umrisse waren deutlich neben dem Tor zu sehen. Dort, wo sein Kopf gewesen war, sah man den Abdruck von El locos Hand: gelb, goldgelb, wie eine aufgehende Sonne.

Der Abgeordnete beobachtete das Ganze lange Zeit, dann ließ er die Soldaten zurückrufen. Es war sinnlos weiterzumachen.

„Wer ist das?“ fragte er später, während er vom Fenster aus den Mann beobachtete, der Steine in eine Büchse warf. Neben ihm wälzte sich ein räudiger Hund auf einer alten Decke voll weißer Farbstreifen, und ein Bub säuberte die Brust eines Mädchens von Farbspritzern.

„Das? Das ist El loco, Herr Abgeordneter“, informierte ihn Pater Juan, „einfach El loco ... Wir wissen nichts über ihn ... er ist ... er ist wirklich verrückt, Herr Abgeordneter, echt verrückt. Er war auch im Irrenhaus, aber sie müssen ihn entlassen haben. Im Grunde genommen ist er harmlos.“

„Und doch ...“ – der Abgeordnete war nicht ganz überzeugt. Aber ein Verrückter war ein Verrückter, und das sah man.

Am Abend gab es auf Anordnung des Präfekten Cuyes, die saftigen Meerschweinchen, Camotes und Canazao.

In großer Menge.

Für alle.

Auch die Soldaten durften an dem Fest teilnehmen.

Auf dem Platz wurde ein großer Lautsprecher aufgestellt, über den man Musik hörte.

Die Leute aßen, tranken aber wenig. Sie hatten Angst vor dem Trinken. Sie wußten, daß sie vorsichtig sein mußten. Deshalb wurden die ... die Trinkfreudigsten von den jungen Leuten und von den Frauen überwacht. Furiosa hatte sie gewarnt: Es durfte keine Zwischenfälle geben. Das hatte man allen gesagt. Am Tag hatte man den Zwischenfall verhindern können, jetzt mußte man doppelt vorsichtig sein.

Die Soldaten hatten Ausgang. In Gruppen, zu dritt oder zu viert, blieben sie bei den Tischen stehen, die auf Befehl des Präfekten aufgestellt worden waren, nahmen sich ein Stück Meerschweinchen und tranken in langen Zügen Canazao dazu.

Einige von ihnen waren bereits angeheitert.

Aus dem Lautsprecher tönten fröhliche Märsche.

Einige Soldaten begannen, mit ihren Kameraden zu tanzen. Nur so, aus Spaß. Um ihnen Platz zu machen, lehnten sich die Leute an die Hausmauern. Es sah komisch aus, denn an den Wänden waren die Umrisse anderer Menschen, scharf abgehoben vom Weiß der Wände. So als ob noch eine zweite Menge da war, eine Menge von Schatten, die die Lebenden umgab, als ob sie sie vor einer unsichtbaren Gefahr schützen wollte.

Die Musik war für die Indios immer ein Mittel gewesen, dem eintönigen, anstrengenden Alltag zu entfliehen. Aber an diesem Abend hörten sie ohne wirkliche Teilnahme zu. Diese „Märsche" waren für andere gemacht, nicht für sie. Sie waren für die „draußen" gemacht, für die, die noch nicht lebten.

Sie sahen den schnapsfröhlichen Soldaten zu, die schwankten, einander umarmten, sich drehten, schrien und lachten.

Einer von ihnen rief plötzlich:

„Gibt's denn keine Frauen in diesem Dorf? Nicht einmal eine Frau, die tanzt?"

Zu jeder anderen Zeit hätten die Mädchen gelacht, kokett die Köpfe gesenkt, ihnen heimliche Blicke zugeworfen und damit ausgedrückt, daß sie eine Aufforderung zum Tanz annehmen würden. Aber nicht an diesem Abend. Der Präfekt, die Abgeordneten und die Polizisten in Zivil hatten Spannung gebracht. Und gerade an diesem Abend konnte mit einem Soldaten tanzen auch bedeuten, daß man das System anerkannte. Sie verstanden nicht genau, wohin sie gingen und was sie taten. Aber sie fühlten sich endlich frei, waren endlich ihre eigenen Herren. Deshalb wollten sie nichts riskieren. Deshalb wollten sie nicht tanzen.

„Nicht eine einzige Frau?" wiederholte der Soldat und sah sich um. Da erblickte er Asuncion, packte sie am Arm und schleppte sie in die Mitte des Platzes.

„Da ist eine Frau!“ rief er seinen Kameraden zu, „eine Frau zum Tanzen!“

Er drückte sie an sich und versuchte, sie im Rhythmus zu drehen.

Asuncion blieb stehen, ganz steif.

Der Soldat wurde wütend.

„Los, dumme Gans, tanz!“

Asuncion stand still.

Er zwang sie, sich zu drehen.

Asuncion stolperte, verlor das Gleichgewicht, konnte sich im letzten Moment noch fangen und blieb wieder stehen. Ihr Gesicht war wie ein lebendes Symbol. Nicht die gewohnte ergebene, unbewegliche Maske der Indios. Das Gesicht des Mädchens war rätselhaft, undurchdringlich und stolz.

Das brachte den Soldaten noch viel mehr auf, und er schrie:

„Du willst nicht mit mir tanzen, weil ich Soldat bin, nicht wahr? Aber jetzt wirst du tanzen, ob du willst oder nicht!“

Der Schlag ließ alle auf dem Platz verstummen.

Ein Trompetenstoß hätte nicht mehr erreichen können. Nur der Lautsprecher krächzte seinen fröhlichen Marsch unbeirrt weiter.

„Tanze, tanze, tanze!“ schrie der Soldat wieder. Und schlug das Mädchen zum zweitenmal.

Asuncion rührte sich nicht. Sie schwankte zwar jedesmal, hatte Tränen in den Augen und wäre diesem Menschen am liebsten an den Hals gesprungen, um ihm das Gesicht mit ihren Fäusten zu zerschlagen.

Aber die Leute sahen sie nur stolz und unbeweglich dastehen.

Der Leutnant gab ein Zeichen.

Die Soldaten auf den Dächern legten an.

Das half zwar nichts, aber sie waren es so gewohnt.

Der Abgeordnete, den man sofort gerufen hatte, lief zum Fenster und schaute. Er kontrollierte auch, ob die Journalisten und der Fotograf an ihren Plätzen waren.

Ein einziger Schlag würde jetzt genügen. Ein einziger. Dann würden sich die Männer auf dem Platz auf den armen Soldaten stürzen und ihn in Stücke reißen. Niemand konnte die Reaktion der Soldaten verurteilen. Einen Soldaten töten, bedeutet Rebellion, bedeutet einen wirklichen Aufstand. Er deutete ein Lächeln an.

In einer Ecke des Platzes setzte sich irgend etwas in Bewegung. Es stürmte wie ein Bison heran und stand im Nu neben dem Soldaten.

„Ssschön ... ssschön ...", winselte sie, „... iccch ... tttanzze ... mittt ... dirrr ..."

Sie packte den Soldaten, drückte ihn an sich und begann zu tanzen.

Ein Lama hätte graziöser getanzt. Aber Nieves konnte ihre Bewegungen nicht mit der Musik in Einklang bringen. Und so warf sie den armen Soldaten hin und her und hob ihn hoch, und er strampelte mit den Beinen, um sich von der Speichlerin zu befreien. Er schlug um sich und krallte sich gleichzeitig an dem Mädchen fest, und Nieves lachte und beschmutzte ihn mit Speichel. Plötzlich tanzte sie nicht weiter und begann, ihn zu küssen. Der Soldat knöpfte seine Jacke und das Hemd auf, um sich den Speichel abzuwischen. Nieves sah, was der Mann tat, und dachte, daß er sich ausziehen wollte. Er war nett, sie wollte ihm helfen und begann an Jacke, Hemd und Unterhemd zu zerren. Sie riß so lange an den Kleidungsstücken, bis er mit nacktem Oberkörper dastand. Mit einem gezielten Schlag riß sie ihm auch die Hosen hinunter, sodaß er nur noch Unterhosen anhatte.

Wer hätte da nicht gelacht? Alle brachen gemeinsam in Lachen aus: die Indios, die Soldaten, die Frauen, die Männer, die Journalisten und auch die, die auf den Dächern die Gewehre angelegt hatten.

Der Mann versuchte, die Hosen wieder hinaufzuziehen, aber Nieves unterhielt sich wie nie zuvor und tat alles, damit er seine Hosen nicht wieder anzog. Manchmal gelang es ihr sogar, ein kleines Stückchen des Hintern des Soldaten freizulegen, und die Leute heulten vor Lachen. Die Speichlerin war glücklich und begann sich an den Soldaten zu schmiegen und auf ihre Weise zu tanzen. Jetzt mußte der Soldat selbst lachen. Und als er die Brust der Speichlerin sah, die vor ihm auf und ab wogte, versuchte er sie zu fassen. So begann ein neues Spiel. Der Soldat versuchte, die volle Brust zu berühren, und Nieves wich ihm aus. Und stieß dabei gutturale, glückliche Töne aus.

Die Leute lachten, waren heiter. Die Soldaten lachten und waren heiter.

Plötzlich stand El loco zwischen den beiden. Er zog eine Flöte aus seinem Hemd und begann ein Lied zu spielen. Eine süße, melancholische, jahrhundertealte Melodie, die alle Gebete, alle Hoffnungen, alle Träume, alle Triumphe, das ganze Glück der Menschen aus einer Zeit enthielt, in der ihr Volk ein Volk, in der jeder Mensch ein Mensch gewesen war.

„Aufhören! Aufhören!" schrien die Soldaten.

Die Menge wurde unruhig. Dann begriffen sie, daß die Schreie dem Lautsprecher galten. Einer riß die Kabel heraus, und das Krächzen des Militärmarsches verstummte mit einem Schlag.

Nur die Anthara, die Flöte El locos, war zu hören.

Nur der Gesang aus der Volksseele blieb.

Alle standen still.

Die, die noch einen Bissen im Mund hatten, bemühten sich, ihn ohne zu kauen hinunterzuschlucken.

Alle standen unbeweglich, auch Doña Ida und Jacopo, der Fleischer, auch der Lehrer und alle Weißen Tiunas, auch der Hauptmann und die Soldaten.

Sogar Nieves hatte diese Musik berührt. Aufmerksam hörte sie zu, die Hände auf die Schultern des halbnackten Soldaten gestützt. Niemand sah jetzt das speichelnde Mädchen und den Soldaten in Unterhosen.

Es gab nur noch Männer und Frauen, ein Volk.

Sie waren das Volk.

Alle tanzten sie – und standen doch unbeweglich.

Die Füße stampften den Boden nicht.

Die Schultern bewegten sich nicht im Rhythmus.

Die Gesichter waren undurchdringlich, abwesend.

Aber alle tanzten, folgten einem inneren, unhörbaren Rhythmus.

Sie tanzten im Herzen.

Sie waren wie ein Gebet, das man gerade spricht.

Der Abgeordnete ließ den Vorhang fallen.

Er mußte den Teufel finden, dem es gelang, den Menschen in den entscheidenden Momenten die Heiterkeit zurückzugeben. Der sie zum Leben führte.

Er mußte ihn finden.

9

Sie waren weggefahren. Der Präfekt, der Abgeordnete, die Polizisten, die Soldaten. Alle waren vor einigen Tagen weggefahren.

Der Richter war zurückgekehrt. Aber niemand sah ihn, nicht einmal, wenn sie direkt in ihn hineinliefen.

Auch der Advokat war zurückgekehrt. Aber niemand sah ihn. Auch den Franzosen sahen sie nicht.

Und der Richter, der Advokat, der Franzose waren sofort wieder verschwunden.

„Nichts hat sich geändert!“ brummte der Richter, während er sich mit dem Advokaten beriet. „Nichts hat sich geändert. Der Präfekt versteht das überhaupt nicht.“

Aber es hatte sich etwas geändert, es war etwas im Gange.

Eine Schlange aus Stacheldraht marschierte gegen Tiuna.

Sie kam aus dem Tor zur alten Mine, ein Faden, der im Dunkel gesponnen wurde. Und rückte vor. Tag für Tag. Sechs Reihen Stacheldraht marschierten gleichmäßig auf das Städtchen zu.

Sie versuchten, nicht daran zu denken. Sie versuchten, es nicht zu sehen.

Fremde waren in der Umgebung nicht gesehen worden. Und niemand konnte etwas entdecken, obwohl sie Wachen aufstellten.

Die Schlange aus Stacheldraht kam jede Nacht ein Stückchen näher.

Sie durchschnitt das Land, überquerte den Fluß, teilte die Wege.

„Das sind die Toten, die aus den Gräbern heraufkommen!“ murmelten die Frauen, bekreuzigten sich und bedeckten Menschen und Häuser mit Talismanen.

„Tote, die man nicht eng genug geschnürt hat und die nicht

enthauptet worden sind!" murmelten die Männer, bekreuzigten sich und hielten die Talismane fest.

Pater Juan und Pater Ramon segneten, lasen Messen und trieben Teufel aus.

Eine Prozession ging bis zum Tor der alten Mine. Die Patres segneten, sprachen die Exorzismusgebete, aber am nächsten Tag sahen sie, daß der Stacheldraht wieder siebenhundert Meter vorgerückt war.

Sie holten den Zauberer. In Wirklichkeit wußte der „Brujo" nicht, was er tun sollte. So etwas hatte er noch nie gesehen. Von einem solchen Ereignis hatten seine Vorfahren nie gesprochen. Aber wenn der Stacheldraht aus der Erde entstand, dann hieß das, daß es Pachamama sehr schlecht ging. Oder aber Pachamama war ungehalten über ihre Kinder.

Jeder Indio kam und brachte ein Steinchen. Nach kurzer Zeit bildete sich neben dem Eingang zur alten Mine ein kleiner Hügel aus Steinen.

„Die Apacheta ist geboren", murmelte der Brujo. „Pachamama weiß jetzt, daß wir sie lieben."

Aber trotz der Apacheta rückte der Stacheldraht am nächsten Tag um vierhundert Meter vor.

Da nahm die Comunidad ein Kaninchen, ein großes Kaninchen, das schönste Kaninchen von ganz Tiuna, und brachte es in einer Prozession zum Tor der Mine. Der Zauberer entzündete ein Feuer aus dem Kot eines Lamas und weihte das Kaninchen der Mutter Erde. Er murmelte geheime Zauberformeln und rieb das Kaninchen gegen den Boden, damit das Übel, von dem Pachamama befallen worden war, in das Tier überging.

Schweigend beteten sie.

Und warteten auf ein Wunder, denn sie fühlten sich bedroht von Zauberei und Dämonen. Vielleicht hatten der Präfekt, der Advokat oder der Richter den Dämon heraufbeschworen. Oder es waren die bösen Geister gewesen. Denn sie allein waren böse und mächtig genug, die teuflischen Kräfte in

Bewegung zu setzen.

Aber der Stacheldraht marschierte weiter gegen Tiuna.

Und er begann, alle Menschen einzuschließen.

Die Angst lauerte wieder in den Straßen des Städtchens. Alle begannen, einander zu mißtrauen. Denn jeder von ihnen konnte besessen, konnte das Werkzeug des Bösen sein.

Der Stacheldraht war das Zeichen der Macht, der brutalen Gewalt, jener Macht und jener Gewalt, die schon einmal ihr Volk zerstört hatten. Er war eine Drohung, ein Wink.

Was hatten sie nur getan, daß Pachamama jede Nacht diesen Stacheldraht gebar?

Menschen konnten es nicht sein, die ihn aufrollten. Denn sie hatten keine Menschen gesehen.

Nur Pachamama konnte diesen Draht voller Drohung gebären!

Aber warum? Warum, warum, warum?

Das fragten sie sich, und sie versuchten auch, miteinander darüber zu sprechen.

Sie fanden keine Antwort. Aber einige von ihnen begannen zu vermuten, daß Pachamama sie warnen wollte, weil sie sich gegen das Gesetz aufgelehnt hatten.

„Aber gegen welches Gesetz?“ fragten sie sich.

„Menschen wollen wir sein, darin besteht unsere Auflehnung.“

„Das will Pachamama nicht. Wir haben den Präfekten und die Abgeordneten weggeschickt, und dann ist der Stacheldraht gekommen.“

„Pachamama straft uns.“

„Sie straft dich, weil du an dem Tag ...“

Alle wurden mißtrauisch und klagten an.

Auch die Arbeit ging langsamer von der Hand.

Und sie begannen wieder Coca zu kauen.

Eines Morgens rannte Evangelisto, ein neunjähriger Bub, der das Vieh von einer entfernten Weide geholt hatte, durch die

Straßen von Tiuna und schrie, er habe beim Stacheldraht Männer gesehen.

Der Alkalde selbst verhörte ihn.

Evangelisto hatte ein paar schwarze Schatten gesehen, die Pfähle in den Boden schlugen.

„Vier waren es, da bin ich ganz sicher!"

„Wer waren sie?"

„Ich weiß es nicht. Sie waren ganz schwarz, sodaß man sie nicht gut sehen konnte. Die Ziege war mir davongelaufen, deshalb war ich dort in der Nähe."

„Haben sie gesprochen?"

„Nein. Oder ... ich weiß es nicht. Stimmen habe ich keine gehört. Ich habe nur gehört, wie ein Pfahl gegen einen Stein schlug."

„Und die Schläge der Knüppel auf die Pfähle?"

„Die habe ich nicht gehört."

„Aber sie müssen sie doch geschlagen haben?"

„Ja. Sie hatten zwei große Knüppel und Stacheldrahtrollen."

„Und die Hände, hast du ihre Hände gesehen?"

„Nein ... die waren auch schwarz. Sie waren ganz schwarz. Aber einer hatte sehr lange, dünne Hände, mit denen er den Pfahl hielt."

„Wo hast du sie gesehen?"

„Auf der Weide von Felixiano, gerade an der Grenze ..."

„Wir gehen nachsehen. Wenn du recht hast, muß irgend etwas zu sehen sein."

Eine Gruppe von Freiwilligen schloß sich Evangelisto und dem Alkalden an.

Der Stacheldraht war um fast zweihundert Meter vorgerückt. An der Stelle, die der Bub ihnen zeigte, war nichts zu sehen. Nur die Erde war ein bißchen aufgegraben. Aber sonst gab es keine Spur, kein Zeichen.

„Du hast dich geirrt", sagten sie.

„Aber ich ..." Evangelisto sprach nicht weiter. Wie konnte er ihnen beweisen, daß er recht hatte?

Vier schwarze Schatten. Das konnten die „Cuatro Condenados“, die vier Verurteilten, sein. Oder auch die vier teuflischen Cherubine.

„Ich werde heute nacht hier wachen!“ sagte Eduardino, einer der jungen Männer, die vor knapp einem Jahr ihren Militärdienst beendet hatten.

„Hier endet der Draht. Er muß also von hier aus weitergehen. Ich werde hierbleiben. Ich glaube Evangelisto.“

Der Alkalde war einverstanden.

Die Alten waren einverstanden.

Als es Nacht wurde, ging Eduardino hinaus. Dorthin, wo der Draht endete.

Sie warteten den ganzen nächsten Vormittag auf ihn.

Sie warteten auch den ganzen Nachmittag auf ihn.

Am Abend ging der Alkalde mit drei Comuneros zum Haus Eduardinos. Niemand hatte etwas von dem jungen Mann gehört. Der Alkalde ließ Furiosa holen. Das Mädchen befragte mit Hilfe ihrer Freunde in kürzester Zeit alle Menschen in Tiuna.

Niemand hatte Eduardino gesehen.

Da beschlossen sie, bis zum nächsten Tag zu warten.

Vielleicht hatte er etwas entdeckt und verfolgte eine Spur. Vielleicht hatte er bei einem Hirten übernachtet.

Am nächsten Tag gingen in aller Frühe fünf Männer zu der Stelle, an der Evangelisto die schwarzen Männer gesehen haben wollte.

Dort fanden sie Eduardino. Die Inkamütze war ihm bis zum Kinn gerutscht, seine Arme hatten sich im Stacheldraht verfangen, sein Körper baumelte.

Er war tot.

Neben ihm sah man deutlich die Hufspur eines Ziegenbockes.

„Chullachaqui!“ murmelten sie, „Chullachaqui!“

Sie untersuchten die Umgebung, aber sie fanden nichts. Nur der Draht war weiter vorgerückt.

Sie liefen nach Tiuna zurück.

Wieder riefen sie den Zauberer.

Aber der Brujo konnte nichts tun.

„Ihr müßt vorsichtig sein: Chullachaqui ist ein böser Geist, der in Menschengestalt auftritt. Er sieht aus wie wir."

Die Alten nickten zustimmend.

„Chullachaqui will töten. Es gibt nur eine Möglichkeit, festzustellen, ob er es ist: man muß seine Füße ansehen. Denn der eine Fuß ist der Huf eines Ziegenbockes."

Alle nickten, sie wußten das.

Eduardino war mit Chullachaqui zusammengetroffen.

Chullachaqui hatte seine Spur hinterlassen.

Dann hatte also wirklich Pachamama den Draht, der näher rückte, geboren.

Sie trauten sich nicht mehr allein aus der Stadt.

Viele verließen die Stadt überhaupt nicht mehr.

Jetzt saßen sie wieder häufig an den Hausmauern, ohne etwas zu tun.

Und der Stacheldraht kam Tag für Tag näher.

Furiosa glaubte, verrückt zu werden.

Pachamama würde ihr Volk doch nicht verraten! Aber wer und wo war denn Pachamama? Wenn sie eine Gottheit war, warum legte sie dann diesen Stacheldraht? Welchen Zweck erfüllte diese Schlange aus Stacheldraht?

Nein, Pachamama konnte nichts damit zu tun haben.

Es stimmte, daß die Mutter Erde auch Eisendraht gebären konnte, wenn sie wollte. Aber wozu? Ohne Grund hätte sie das nie getan. Sie hätte das den Comuneros nie angetan. Oder diente auch Pachamama den Mächtigen?

Sie lächelte über ihre eigenen Gedanken. Pachamama hin, Pachamama her, der Stacheldraht hatte eine Bedeutung, und man mußte achtgeben und diese Bedeutung verstehen, bevor es zu spät war.

Sie versuchte mit den anderen jungen Leuten darüber zu sprechen. Aber jeder vermied dieses Thema, obwohl sie alle die Anwesenheit des Drahtes „spürten". Und die Alten bekreuzigten sich nur und zogen dann über die schlechten Sitten der Jungen her, über ihren Hochmut, den fehlenden Respekt, all die Dinge, die zur Entstehung des Drahtes beigetragen hatten.

Je stärker die Angst vor dem Geheimnisvollen, Unbekannten wurde, umso fleißiger gingen die Leute in die Kirche.

Je mehr der Egoismus triumphierte – denn alle begannen jetzt nur noch an sich selbst, an die eigene Rettung, an die Möglichkeit, das alles zu überstehen zu denken – je mehr also der Egoismus triumphierte, umso öfter nahmen sie gemeinsam an den Messen teil.

Die Verzweiflung darüber, daß etwas sie bedrohte, etwas, was sie nicht kannten, wogegen sie nicht kämpfen konnten, verwandelte sie in ergebene, passive Wesen und brachte sie gleichzeitig dazu, in die Religion zu flüchten. Die Religion gab ihnen die Hoffnung, daß es eines Tages ein anderes Leben geben würde, ein Leben ohne Angst. Die Religion beruhigte sie. Heilige Maria Pachamama, das heilige Kind, der heilige Josef und der heilige Sebastian würden für sie gegen die bösen Geister kämpfen.

Und der Stacheldraht kam näher und näher.

Wie eine Schlange wand er sich an Tiuna heran, drang immer tiefer in das Land der Comunidad ein und zerschnitt es in zwei Teile.

Aber nicht alle ergaben sich sofort.

Es gab auch Leute, die sehen und verstehen wollten.

Aber jeder, der zu sehen versuchte, was in der Nacht geschah, wurde im Stacheldraht erhängt gefunden. Der Hufabdruck des Ziegenbockes war immer deutlich sichtbar.

Dann entdeckten die Comuneros, daß es besser war, nicht auf die Felder jenseits des Drahtes zu gehen. Denn wer es tat, der starb.

Das war mit Andrea geschehen.

Er hatte die Maulesel auf die Weide gebracht, und die Tiere hatten einen Durchschlupf durch den Draht gefunden.

Als er sie drei Tage später holen ging, fand er die Tiere sterbend und mit gebrochenen Läufen. Er tötete sie und legte sich dann auf die Lauer. Er wollte wissen, wer seine Tiere so zugerichtet hatte.

Andrea kehrte nicht lebend nach Tiuna zurück.

Felicidad, Maria und Agnese gingen aufs Feld. Aber der Draht hatte ihr Feld in zwei Teile geschnitten.

Trotzdem gingen sie aufs Feld. Sie zwängten sich zwischen den Drähten durch und arbeiteten. Der Stacheldraht zerriß ihnen die Röcke. Aber das Feld mußte bestellt werden. Sie murrten und bekreuzigten sich, drängten sich zwischen den Drähten durch und arbeiteten auf der anderen Seite.

Eines Abends kehrten sie nicht nach Hause zurück.

Ihre Männer, die Kinder und die Freunde gingen sie suchen.

Sie fanden sie, die Köpfe in die Erde gewühlt.

Auch Ernesto und seine Frau fand man wenige Tage später so. Sie waren über den Draht geklettert, um ihr Feld zu säen.

Pater Juan und Pater Ramon kamen und segneten die Felder. Vor allem die, die auf der anderen Seite des Drahtes lagen.

Trotzdem wurden Marco und seinen Schafen die Beine gebrochen, weil sie über den Draht gestiegen waren. Nein, das stimmt nicht ganz. Marco hatte man nicht die Beine gebrochen. Sein Kopf steckte in der Erde.

Der Segen verhinderte auch nicht, daß Emanuelita (dreizehn Jahre alt, zwei Kinder), während sie ihr Stück Land bearbeitete, auf den Boden fiel und die Erde ihren Kopf bis zum Hals verschluckte.

Bald wußten es alle: wer über den Draht stieg, der starb.

Pachamama wollte das.

Und die Indios senkten wieder die Köpfe.

Zu diesem Zeitpunkt teilte ihnen Pater Juan mit, daß die Erzbaukompanie mit den Vertretern der Comunidad sprechen wollte.

„Ich kann euch sagen", predigte er in der Kirche, „daß die Erzbaukompanie bereit ist, alle Bergarbeiter wieder einzustellen und zu vergessen, was geschehen ist. Man wird auch alle anderen aufnehmen, die in der Mine arbeiten wollen. Ihr wißt ja: die Kompanie zahlt gut. Ihr habt dann eine Krankenversicherung, und auch die Arbeit ist sicher. Egal, ob es nun kalt oder warm ist, am Ende des Monats ist immer Geld da ... Aber bestimmte Dinge muß nicht ich euch sagen, die wißt ihr besser als ich."

Es gab noch Widerstand. Aber hier und da begann einer zu sagen, daß es doch besser sei, für die Kompanie zu arbeiten, daß man dann ohne viel nachzudenken sein Geld bekomme. Und Geld brauchte man. Mit Geld konnte man vieles kaufen.

Die Ohren begannen aufzunehmen, wenn auch der Geist noch zögerte.

Der Alkalde, Rafael El Abuelito, Miguel, Dora und Ruben trafen sich mit dem Vertreter der Kompanie.

„Frauen auch?" fragte er erstaunt.

„Die Frauen gehören auch zur Comunidad!" antwortete der Alkalde trocken.

„Na, meinetwegen ..."

Er machte sein Angebot. Nein, das Angebot der Kompanie. Die Kompanie würde das Land der Comunidad kaufen. Das Land im Norden der Stadt, um das der Streit ging, das Land, das von den bösen Geistern bewohnt war, das verdammte Land.

„Habt ihr keine Angst vor den bösen Geistern?" fragte Ruben.

„Wir bearbeiten das Land nicht von oben. Wir graben

innen, deshalb tun uns die bösen Geister nichts."

Man einigte sich darauf, daß der Alkalde mit der Comunidad über das Angebot der Kompanie sprechen sollte.

„Selbstverständlich!" stimmte der Vertreter zu. „Ich muß aber bald Antwort erhalten. Die Kompanie kann nicht sehr lange warten."

In diesen Tagen bewegte sich der Draht nicht.

Die Leute schöpften Hoffnung. Vielleicht hatte sich Pachamama mit ihnen ausgesöhnt. Vielleicht war Chullachaqui davongelaufen, weit weg, in die hohen Berge. Vielleicht ...

Die Versammlung hörte den Alkalden an.

Sie hörte auch Pater Juan an, der ihnen riet, ja zu sagen, damit das Leben in Tiuna wieder normal werde.

„Was ist denn nicht normal hier?" fragte Furiosa. „Sind wir vielleicht Diebe? Rauben wir? Töten wir? Nein! Wir werden beraubt. Wir werden getötet. Das ist nicht normal!"

„Aber meine Tochter, meine liebe Tochter!" tadelte sie Pater Juan freundlich. „Das Gesetz ... siehst du. Es gibt keinen Richter mehr, keinen Präfekten, keine Polizei, keine Behörden ... wir sind ganz abgeschnitten, niemand hilft uns. Das ist nicht gut für Tiuna. Deshalb rate ich euch; überlegt gut, was ihr der Kompanie antwortet."

Sie überlegten gut.

Und sie sagten nein. Das Land gehörte der Comunidad. Die Comunidad verkaufte es nicht. Es gehörte seit Urzeiten ihnen. Die Kompanie hatte eigenes Land, und das sollte sie behalten.

Der Stacheldraht nahm seinen Marsch wieder auf.

Und holte sich jeden Tag seine Opfer.

Er verschonte niemanden: Frauen, Männer, Kinder, alle starben. Zwölf Tage und zwölf Tote. Und bei den Toten immer die Spur des Ziegenbocks.

Die Angst schloß die Comuneros ein. Jetzt trauten sie sich nicht mehr auf die Felder hinaus.

Dora, die Abuelita, fragte sich dieselben Dinge, die sich Furiosa fragte. Aber Furiosa war jung und stürmisch. Sie dagegen hatte viel erlebt und wußte, was es hieß zu warten. Deshalb zog sie eines Tages den alten Poncho ihres Mannes an, ging zum Alkalden und bat ihn um seine Inkamütze.

„Borge sie mir“, bat sie.

„Aber Abuelita, was willst du denn damit tun? Wenn du eine Mütze willst, kann ich dir doch eine neue geben ...“

„Gib mir deine, Alkalde. Morgen bekommst du sie zurück.“

Da gab der Alkalde nach.

Die Alten haben eben manchmal ihre Eigenheiten.

Dora verließ Tiuna. Nur ein kleines Säckchen trug sie mit sich.

Sie ging, bis sie zum letzten Pfahl des Stacheldrahtes kam.

Dort setzte sie die Inkamütze auf (es war das erste Mal, daß sie das wagte!) und setzte sich, an den Pfahl gelehnt, nieder. Sobald sich der Draht bewegte, würde er sie durchbohren.

Komisch. Oft schon hatte sie an den Tod gedacht und den Gedanken daran immer weggeschoben, weil er ihr unangenehm war. Aber als sie jetzt an den Tod dachte, mußte sie lächeln. Es war ihr nicht unbehaglich zumute, sie hatte nicht ein bißchen Angst. Ganz im Gegenteil.

Sie wartete.

Sie nahm vier oder fünf Cocablätter und rollte sie mit ihren dürren, knochigen Fingern zu einer Kugel. Die Kugel steckte sie in den Mund. Dann zog sie einen kleinen schwarzen Kürbis hervor, der vom langen Gebrauch ganz glänzend geworden war. Sie sah ihn lange an. Er war eines der wenigen Geschenke, das sie erhalten hatte. Ein Geschenk des Mannes, der später ihr Mann werden sollte. Damals war der „Matecito“ mit wunderschönen, geometrischen Figuren bemalt gewesen. Mit den Jahren war die Malerei verblaßt, und der Kürbis war schwarz und glänzend geworden.

Sie streichelte den Kürbis, als ob sie die Erinnerungen ihres ganzen Lebens streicheln wollte. Dann steckte sie einen kleinen Strohhalm hinein und saugte ein bißchen Quinna-Asche heraus. Sie nahm gerade so viel, wie nötig war, um die Blätterkugel in ihrem Mund „lebendig“ zu machen. Und aus Erfahrung wußte sie, wieviel sie brauchte. Bald begann sie den süßlichen Geschmack zu spüren, und ihr Körper fühlte die Müdigkeit und die Kälte nicht mehr.

Von den weißlichen, durch die Säure der Blätter aufgerissenen Lippen tropfte Speichel.

Nach ungefähr drei Stunden spuckte sie die ausgelaugte Kugel aus und bereitete eine neue „Cocada“ vor.

Als sie die dritte vorbereitete, war es ganz dunkel geworden.

Aber sie konnte sie nicht mehr voll auskosten.

Arme versuchten, sie wegzustoßen. Aber sie hatte sich an dem Pfahl angebunden. Sie hatte zu diesem Zweck gewöhnlichen Draht mitgebracht. Sie hatte sich angebunden, um stark zu sein. Viele Reihen von Draht umwanden ihren Körper und den Pfahl.

Und die Arme konnten sie nicht bewegen. Also mußten sie sich zeigen.

Es waren Männer. Schwarzgekleidete Männer mit verhüllten Gesichtern und schwarzen Handschuhen. Und mit schwarzen Schuhen. Zwei, vier, sechs, acht Schuhe. Vier Männer mit acht Schuhen. Und kein Ziegenfuß.

Sie lächelte.

Die Männer redeten in einer komischen Sprache miteinander. In der Sprache der Kompanie. Einmal hatte sie einen wichtigen Mann so sprechen gehört.

Sie versuchten, sie loszubinden. Dora lachte. Jetzt wußte sie, daß die Comunidad es schaffen konnte. Nicht Pachamama und Chullachaqui waren es gewesen. Auch nicht die bösen Geister, sondern Menschen. Und gegen Menschen konnten Menschen kämpfen. Menschen konnten Menschen auch verstehen.

Sie lachte. Jetzt wollte sie leben, um den Comuneros die Wahrheit zu sagen.

Sie leistete keinen Widerstand, als die Männer versuchten, sie loszubinden. Die Männer unterhielten sich leise. Sie spürte, wie sie an ihr zerrten und rissen. Aber sie hatte sich sehr gut angebunden. Sie spürte, wie der Draht (dieser Draht, den die Männer nicht finden konnten) ihr immer mehr ins Fleisch drang, je mehr die Männer an ihr zerrten. Dann sagte einer von ihnen etwas.

Sie spürte einen Schlag gegen den Hals und fühlte, wie das Leben sie verließ.

Die Stimmen wurden leiser, und sie sah weiß, weiß ...

Und einen Blitz.

Ganz Tiuna ging, um sich vor Dora, der Abuelita, zu verbeugen.

Sie baumelte noch an dem Pfahl.

Es berührte sie alle tief, daß auf ihrem Gesicht weder Angst noch Schmerz zu lesen war. Es gab nur das Lächeln, das hundertfache Lächeln, denn auch ihre Falten schienen zu lächeln. Sie leuchtete, das war es.

Neben ihr stand ein neuer Pfahl.

Und von dort begann der Stacheldraht wieder seinen Marsch.

Aber zwischen den beiden Pfählen war ein freier Raum, in dem Doras Körper hing.

Ein offener Raum.

Warum war Dora gekommen? Wer hatte sie festgebunden? Und warum?

Und dieser Zwischenraum? Diese Art menschlicher Tür? Was hatte das zu bedeuten?

Das fragten sich die Leute, während der Alkalde und Rafael El nino die Abuelita vom Draht befreiten.

Die Mädchen, ganz allein die Mädchen, wuschen die Abuelita. Furiosa hatte es von der Comunidad erbeten, und die Comunidad hatte zugestimmt.

Jedes Mädchen brachte ein Stück weißes Leinen, das es für seine Aussteuer gewebt hatte. Aus dem Leinen der Mädchen wurde das Totenhemd, das den Körper der alten Dora einhüllte. Der alten Dora, die lächelte.

Die jungen Männer, ganz allein die jungen Männer, bauten den Sarg. Rafael El nino hatte es von der Comunidad erbeten, und die Comunidad hatte zugestimmt. Sie hatten den Sarg aus ihren Stöcken gebaut, indem sie sie aneinandergebunden hatten. Aber ein Stock fehlte ihnen, um den Sarg schließen zu können. Ein einziger Stock.

Der Sarg mit der lächelnden Dora blieb offen.

Die ganze Nacht standen die Comuneros schweigend in der Kirche und sahen die Abuelita an, auf deren Kopf die Inkamütze wie eine Krone aussah.

Bei Sonnenaufgang mußte der Sarg geschlossen werden.

Aber das ging nicht, denn ein Stock fehlte.

Da näherte sich der Alkalde.

Er war ohne Mütze, denn seine trug die Abuelita.

Er kniete neben dem Sarg nieder und betete einen Augenblick lang schweigend. Dann hob er die Vara, den Befehlsstock. Das Licht fiel auf die vielen Silberornamente, die unzählige Alkalden vor ihm gearbeitet, angebracht, eingelegt hatten.

Alle sahen ihm zu.

Alle standen.

Alle hatten die Köpfe erhoben.

Der Alkalde stand auf und paßte die Vara in den Sarg ein.

Jetzt fehlte kein Stock mehr.

Erst dann gingen die Frauen zum Fluß.

Jede trug ein kleines Stückchen der Kleider von Dora, denn jede wollte über sie sprechen, wie es der Brauch war. Und so sprachen alle Frauen von Tiuna, während sie nebeneinander am Fluß saßen, über Dora, die man mit der Inkamütze und der Vara wie eine Königin begraben hatte.

Sie wuschen und wuschen. Immer wieder spülten sie das kleine Stückchen vom Rock oder der Bluse Doras und sprachen dabei vom unterbrochenen Stacheldraht, von dem Zwischenraum und vom Lächeln der Abuelita.

Warum?

Furiosa kehrte mit den übrigen Frauen vom Fluß zurück. Da sah sie, wie Nieves die Decke El locos mit einer Stahlbürste bearbeitete. El loco sagte nichts. Er lächelte, ein freundliches Lächeln. Er hatte weder die Büchse vor sich noch Steinchen in der Hand.

Er saß auf den Stufen der Kirche und sah zu, wie das Mädchen „seine" wollene Decke richtiggehend in Fetzen riß. Jene Decke, die Furiosa für ihn gewebt hatte und die ihm so viel bedeutete.

Tiuna sah von Nieves zu El loco und wieder zurück und kratzte Angelito hinter dem Ohr. Er wußte nicht, ob er der Speichlerin die Decke wegnehmen und sie dem Freund zurückgeben sollte, solange es noch Zeit war, oder ob er lieber so tun sollte, als ob er nichts sehe.

Zuversichtlich wartete er. Er hatte sie alle gern. Und er wußte, daß sie einander nichts Böses tun würden. Und die Decke ... na ja.

Nachdem sie sich von der ersten Überraschung erholt hatte, sprang Furiosa auf Nieves zu, um ihr die Bürste wegzunehmen.

„Nieves!" schrie sie, und ihre Stimme klang drohend.

El loco hob den Kopf und lächelte ihr zu.

„Warum schreist du mit ihr, Furiosa? Nieves ist glücklich."

Nieves nickte zustimmend mit dem Kopf und wiederholte: „gluckkkliccch ... gluckkkliccch ..." und riß währenddessen immer mehr Wollstückchen aus der Decke. „Ppputzzze ... iccch ppputzzze ..."

„Warum willst du sie ausschimpfen?" wiederholte El loco.

„Aber siehst du nicht, daß sie die Decke kaputtmacht?"

Furiosa mußte sich irgendwie Luft machen, und der Verrückte gab ihr Gelegenheit dazu.

„Macht sie sie denn kaputt? Sie reinigt sie, siehst du, wie sie die Decke reinigt?"

„Sie reinigt sie? Ihr seid ja beide verrückt, du und sie ..."

El loco lachte.

„Alle beide verrückt! Eine Decke, die ich ..."

„Warum siehst du sie nicht an, kleine Furiosa? Siehst du, sie ist glücklich. Ihr Wunsch, die Decke zu putzen, ist der Wunsch, Liebe zu geben, verstehst du?"

„Aber sie macht sie kaputt!"

„Ja, aber ihre Liebe ist besser als die Decke."

„Schon, aber es war meine Decke!"

„Was heißt lieben, Furiosa?"

„Woher soll ich das denn wissen?"

„Was heißt lieben?" wiederholte El loco.

Es war besser, ihm eine Antwort zu geben. Das wußte das Mädchen. Yajen war imstande, die Frage Hunderte Male zu wiederholen, bis er eine Antwort bekam.

„Lieben ... lieben ..."

„Warum hast du die Decke für mich gemacht, Furiosa?"

„Weil ... ich dir etwas schenken wollte. Weil ... weil du mir eben sympathisch bist."

„Das heißt, du hast mich gern."

„Ja."

„Deshalb hast du mir also etwas gegeben. Etwas, was du gemacht hast. Etwas, was du nicht gekauft hast. Etwas, was du gemacht hast, während du an mich dachtest. Und jeder Faden bindet dich an mich. Siehst du, das heißt lieben: das geben, was man selbst macht."

„Aber was bedeutet das?"

„Ich weiß es nicht. Vielleicht bedeutet es einfach – geben, nur geben. Denen geben, die es nötig haben, denen geben, die wir lieben, denen geben, die nichts haben, denen geben, die wir nicht mögen. Geben ist nicht Haben."

„Hör auf, Yajen."

Aber auch die anderen hörten jetzt zu.

„Furiosa, willst du haben, oder willst du sein?"
„Was heißt das jetzt wieder?"
„Willst du sein oder haben?"
„Ich hab verstanden. Lassen wir Nieves also die Decke ... soll sie sie doch ganz kaputtmachen!"
„Aber auf diese Art ist sie frei. So ist sie ... ist sie sie selbst, verstehst du? Sie ist so!"
„Und ich?"
„Du bist. Du willst sein. Und wenn du sein willst, dann bist du frei."
„Ach ja, mit der stachligen Schlange, die schon bald in die Häuser kommen wird. Dora ist tot, verstehst du? Und viele andere. Und du spielst mit deiner verdammten Büchse und mit dieser Verrückten!"
„Dora ist tot?" wiederholte El loco.
„Ja, sie ist tot."
„Ist Dora bei dir oder nicht?"
„Wie kann sie denn bei mir sein, wenn sie tot ist?"
„Kann ein Toter hier sein?"
„Nein."
„Kannst du an etwas denken, das nicht hier ist?"
„Wenn es nicht hier ist, kann ich auch nicht daran denken."
„Dann lebt Dora, wenn du an sie denkst."
Furiosa schüttelte den Kopf. Das war nicht der richtige Moment, um mit El loco zu sprechen. Heute mußte einer jener Tage sein, wo Yajen sprach und sprach und man gar nichts von dem verstand, was er sagte. Einer jener Tage, wo man sich nachher „innerlich" schlecht fühlte, weil diese Worte widerhallten, im Gehirn trommelten, immer wiederkehrten und einen dazu zwangen nachzudenken. Alles zu überdenken, was man getan hatte, was man gerade tun wollte und was man in Zukunft tun würde.
„Genug", schrie sie, „genug, Loco!"
Es kam fast nie vor, daß sie ihn so nannte, aber sie ertrug es einfach nicht mehr. Sie mußte einfach die Spannung los

werden, die sich in diesen Tagen in ihr angesammelt hatte.

Da stand El loco auf und begann zu tanzen. Zuerst auf einem Bein, dann auf dem anderen, und zum Schluß fiel er auf die Decke.

Nieves packte ihn und begann, ihn zu bürsten. Und El loco lachte, weil sie ihn kitzelte. Nieves lachte, und auch Tiuna begann zu lachen.

Auch die Frauen ringsum begannen zu lachen.

Und Furiosa selbst.

Sie lachte, bis ihr die Tränen kamen, und sie lachte auch noch, als ihr das Schluchzen schon die Brust zerriß.

Da ging El loco auf sie zu und nahm sie in die Arme. Und Nieves streichelte ihre Beine. Und Tiuna, der nicht wußte, was er tun sollte, kämmte mit seinen Fingern ganz zart ihr langes Haar.

„Ach Loco", brach es aus ihr hervor, „ach Loco!"

Und sie weinte.

Erst als sie sich frei und heiter fühlte, sah sie, daß Nieves den Körper des Freundes mit der Stahlbürste blutig gekratzt hatte.

Sie schüttelte den Kopf, schluckte schwer und murmelte dann: „Ich weiß nicht, ob du verrückt bist. Aber selbst wenn du es bist, bist du doch auf jeden Fall wunderbar."

El loco lächelte.

„Kannst du nähen?" fragte er.

Schon wieder eine dieser verrückten Fragen. Was bedeutete diese jetzt?

„Ja", antwortete sie trotzdem.

„Hast du schon genäht?" fuhr El loco fort.

„Yajen, ich habe schon Hunderte Male genäht, und du weißt das!"

„Was tust du, wenn du aufhörst zu nähen?"

„Dann höre ich eben auf. Ich lege dann die Arbeit weg."

„Und was tust du?"

Sie mußte ihm antworten. Und richtig antworten. Sie dachte

einen Augenblick nach und lächelte dann:

„Ich schneide den Faden ab."

„Man kann den Faden abschneiden, nicht wahr?" El loco lachte.

Einen Faden kann man abschneiden.

Das stimmt.

Einen Draht kann man durchschneiden.

„Loco, Loco, das stimmt, das stimmt!" schrie sie und sprang auf.

Angelito, der Hund, brachte sich mit einem Satz in Sicherheit; er wußte, daß das nicht der richtige Augenblick war, den Menschen zwischen die Beine zu kommen.

„Dann schneide ihn doch ab", wiederholte El loco und hüpfte.

Und Nieves?

Wenn El loco hüpft, warum dann nicht auch sie? Und hinter Yajen hüpfte Nieves her und lachte. Hinter El loco, der sang:

„Den Draht schneidet man ab, den Draht schneidet man ab, den Draht schneidet man ab, schneidet man ab, schneidet man ab."

Sie liefen um den Platz, und Furiosa packte Asuncion, die vors Haus getreten war, um zu sehen, was geschah. Und Asuncion packte Rafael El nino an der Hand. Und Rafael packte Ruben, und Ruben packte Flora, und Flora packte Francisco, und Francisco packte Ivan, und Ivan packte Anita, und Antia packte José, und José ... eine Schlange, eine immer längere Menschenschlange. Und alle hüpften und sangen lachend: „Und der Draht? Den Draht schneidet man ab, den Draht schneidet man ab, schneidet man ab, schneidet man ab ... Und der Draht? Den Draht schneidet man ab, schneidet man ab, schneidet man ab ..."

Wie viele waren sie jetzt schon?

Vielleicht alle, die in Tiuna waren. Es war nicht so, daß alle verstanden, was sie gerade taten. Aber es war eine Möglichkeit, sich von der Panik, der Furcht, der Angst zu befreien.

Endlich waren sie wieder zusammen, Hand in Hand, zusammen, bereit, sich gegenseitig zu helfen, bereit, alles zu tun für einen von ihnen.

El loco holte die Anthara hervor und begleitete, immer weiter hüpfend, den Gesang mit der Flöte.

Und die lange Menschenschlange machte sich auf den Weg zur Schlange aus Stacheldraht. Sogar Rafael, der Abuelo, und der Alkalde tanzten.

Je mehr sie sich aber dem Stacheldraht näherten, umso langsamer wurden ihre Schritte und umso leiser ihre Stimmen. Sie ließen die Hände des anderen los, und schließlich standen sie alle wie gelähmt, still und zitternd neben dem Hindernis aus Stacheldraht.

Nur El locos Flöte war zu hören.

El loco sah sie an und kroch dann unter den Drähten durch, wobei er nicht aufhörte, auf der Flöte zu spielen. Auf seinen Schultern zeigten sich rote Streifen, aber er lachte und sprang auf die andere Seite. Er hob zwei Steine auf und ging zum Draht und wollte ihn zerreißen.

Furiosa hielt ihn auf.

„Yajen“, sagte sie, „laß es mich tun!“

„Das ist gefährlich“, murmelten viele, „du bist jung…“

Furiosa nahm einen Stock und schlug auf den Draht ein. Beim ersten Schlag hatte sie noch Angst, aber dann kam der Zorn und dann die Freude, ja, die Freude… Jetzt erschien ihr jeder Schlag wie Musik.

Und sie bemerkte gar nicht, wie der Draht knickte und sich vom Pfahl löste. Und dann ein zweiter Draht.

Sie schlug auf den Draht ein und bemerkte gar nicht, daß neben ihr jetzt auch Asuncion arbeitete und Anita, Ruben, Maria, Maddalena und Nieves und Rafael und José und Manuel und der Alkalde und die Alten und auch die Kinder.

Und die Leute verteilten sich und folgten der Drahtschlange.

Am Nachmittag trafen sie sich alle am Tor zur alten Mine. Die Schlange aus Stacheldraht existierte nicht mehr.

Alles was von ihr noch übrig war – ein paar unförmige Knäuel aus Draht – warf man ins Maul der Mine. Und die ganze Comunidad begleitete sie mit ihren Schreien.

Nur zwei Pfähle ließ man stehen. Die beiden Pfähle, die den kleinen, verhutzelten Körper Doras getragen hatten.

Der Alptraum war vorbei.

Die Leute blieben wieder auf dem Platz stehen und sprachen miteinander. Sie sprachen auch mit El loco und lachten über ihn, denn er war wirklich komisch.

Die Comunidad begann wieder zu leben.

Und die Comunidad begann wieder zu lachen.

Sie kehrten auf die Felder zurück.

Und sie lachten alle, als der alte Rafael seinem Enkel zurief, er müsse vorsichtig sein, wenn er am See vorbeikam. Vorsichtig und leise, damit die Drachen nicht aufwachten, die dort im Zauberschlaf lagen.

Sie lachten und waren ruhig. Die stachelige Schlange hatte sie gelehrt, daß sie auch Drachen besiegen konnten, wenn sie nur wollten.

Wenn sie nur vereint waren, wenn sie nur Freunde waren.

10

Die Kommission kam in einem blauen Auto angefahren. In einem riesigen, glänzenden Auto.

Wieder stiegen zuerst die Männer mit den gleichen Hüten, Sonnenbrillen, Anzügen und Schuhen aus. Auch ihre Gesichter waren ganz gleich. Leblose Gesichter, wie von Holzpuppen.

Dann stieg ein kleines Männchen aus, das sie später „Nurverbeugung" nannten.

Dann kam ein Oberst mit Orden und Degen und schließlich der Abgeordnete mit den Fledermausohren.

Ihn kannten sie, und so lächelten sie ihm zu.

Und auch er lächelte allen zu und verbeugte sich. Pater Ramon führte ihn zur Schule.

Denn dort hatte man sich verabredet.

In der Schule warteten der Alkalde, die Ältesten, der Lehrer, Doña Ida und Jacopo, der Fleischer.

Mit dem Abgeordneten, dem Oberst, mit „Nurverbeugung" und mit den „Holzmännern" kamen so viele Comuneros in den Festsaal der Schule, wie dort nur Platz finden konnten. Fast alle kamen, denn nur um dabeizusein, drängten sie sich längs der Wände so aneinander, daß sich die ganze Reihe bewegen mußte, wenn einer seinen Fuß anders stellen wollte.

Furiosa hatte verlangt, daß auch El loco anwesend sei.

Der Alkalde war starr vor Staunen gewesen, als sie ihn darum gebeten hatte.

„Wozu denn?" hatte er gefragt.

„Ich weiß nicht. Aber es ist mir lieber, wenn er dabei ist. Jedesmal, wenn El loco bei uns ist, verstehen wir besser. Laß ihn dabei sein."

„Gut."

Natürlich waren mit El loco auch Tiuna, Angelito und Nieves gekommen. Sie hockten auf dem Boden neben der Bühne. Die Bühne hatte vor Jahren ein Schuldirektor bauen lassen, der wollte, daß die Kinder Theater spielten und sich daran freuten. Zwei- oder dreimal waren dann auch die unsicheren Schritte der Kinder über die Bühne getappt, wenn sie zum Nationalfeiertag Gedichte aufsagten.

Der Abgeordnete verbeugte sich vor dem Alkalden und den Ältesten, drückte die Hand des Lehrers und küßte die von Doña Ida. Dann starrte er El loco an.

Es schien ihm, als ob er diesen Mann mit der roten Binde kannte. Und der Blick, das Lächeln des Mannes waren ihm unangenehm.

„Wer ist das?“ flüsterte er Pater Ramon zu.

„El loco“, flüsterte Pater Ramon zurück. „Der Verrückte von Tiuna.“

„Aber wer ist er?“

„Das wissen wir nicht, Herr Abgeordneter. Das weiß niemand. Er ist verrückt.“

„Sein Blick gefällt mir nicht.“

„Der Blick eines Verrückten, Herr Abgeordneter.“

„Ich weiß nicht. Er hat einen unangenehmen Blick. Aber“, und er lächelte allen zu, „aber auch seine Freunde scheinen nicht ganz richtig im Kopf zu sein, Pater.“

„Ja ja! Das ist ... wissen Sie, das ist die Speichlerin, eine arme Irre.“

„Und wieso sind sie bei der Versammlung?“

„Sie nehmen an allen Versammlungen teil.“

„Reden sie auch mit?“

„Aber nein.“

„Jetzt erinnere ich mich ... diese ... diese ... wie haben Sie sie genannt? Richtig, Speichlerin. Ist das nicht das Mädchen, das an dem Tanzabend alle zum Lachen gebracht hat und ...“

Er brach ab, ohne den Satz zu beenden.

„Ja, Herr Abgeordneter, das ist das arme Mädchen.“

„Der Teufel soll sie holen!“ fluchte der Abgeordnete innerlich.

„Wir können beginnen“, sagte er laut.

Er begrüßte das Volk. Das geliebte Volk.

Er sagte, daß er mit einer Bitte im Namen des Staates gekommen sei, im Namen des Staates, wohlgemerkt, nicht im Namen seiner Partei! (Als ob das zwei verschiedene Dinge wären!) Daß er mit einer Bitte komme, denn es gehe um das Schicksal der ganzen Nation. Er bat sie – und sie sollten ihn da richtig verstehen! – er bat sie und befahl nicht. Es ging hier um Probleme, die so groß waren, daß sie es sich gar nicht vorstellen konnten.

„Aber wer ist der Staat?“ unterbrach ihn El loco.

Der Abgeordnete durchbohrte ihn mit seinen Blicken. Wenn er ihn mit dem ganzen Haß, den er fühlte, hätte töten können, dann hätte sich El loco im Nu in Nichts aufgelöst.

Der Abgeordnete sprach weiter, aber er sah, daß alle El loco beobachteten.

Da schwieg er.

El loco hatte die Büchse hervorgeholt und wollte beginnen, Steine hineinzuwerfen.

„Spiel nicht!“ flehte Furiosa ihn an, „spiel nicht. Laß ihn aussprechen.“

Yajen lächelte. Er ließ einen Stein auf der Handfläche hüpfen. Furiosa atmete auf.

„Danke“, sagte der Abgeordnete. „Man hat mich gefragt, wer der Staat ist. Nun, meine Freunde, ihr seid der Staat. Ihr alle. Alle Bürger sind der Staat.“

„Dann sind es also unsere Probleme?“ fragte Furiosa.

„Natürlich, es ist euer Problem. Hier, auf eurem Land, gibt es einen ganzen Berg von Reichtümern. Wertvolle Erze, die die Kompanie zutage fördert, um dann Geld dafür zu bekommen, das alle brauchen.“

„Die Kompanie braucht das Geld“, sagte Furiosa.

„Der Staat braucht das Geld“, präzisierte der Abgeordnete.

„Der Staat sind wir, hast du gesagt. Gut, dann führen wir eben die Mine, und wir geben dem Staat das Erz. Einverstanden?“

„Mein liebes Kind, so einfach ist das nicht“, der Abgeordnete lächelte. „So einfach ist das nicht. Nur die Erzbaukompanie kann Erz fördern.“

„Wir fördern das Erz, und die Kompanie nimmt es“, rief ein Bergarbeiter. „Die Kompanie nimmt es und verkauft es. Aber nicht an uns, an den Staat. Sie verkauft es den Ausländern, ja, den Ausländern. Und behält das Geld. Und wir, der Staat, bekommen nichts davon.“

„Nein, das ist nicht so, die Kompanie zahlt Zinsen ...“

„Hör mir zu, Herr. Wenn ich Mehl und Eier und Zucker besorge und auch den Lamakot, um den Ofen zu heizen, und wenn ich dann Kekse backe und sie frisch und knusprig aus dem Ofen hole, und dann kommt plötzlich er, El loco, und nimmt alle Keks und läßt mir nicht einmal einen ganzen übrig, sondern nur ein Stückchen, ist das dann gerecht?“

Die Comuneros lächelten. Furiosa hatte wie El loco gesprochen. Was sie sagte, war verrückt, aber klar. Sie warteten auf die Antwort des Abgeordneten.

„Ich würde sagen, daß das nicht gerecht ist. Ich würde sagen, daß dieser Mann (und er zeigte auf El loco), daß dieser Mann verrückt ist, verrückt und ein Dieb.“

„Gut, mein Herr, der du aus der Hauptstadt kommst“, erwiderte Furiosa. „Der Staat, das sind wir, und uns gehört das wertvolle Erz. Das hast du doch gesagt? Der Staat, das sind wir, die wir das wertvolle Erz fördern. Und was bekommen wir, der Staat? Die Zinsen, sagst du. Das heißt also: weniger als einen ganzen Keks. Ist das gerecht?“

Die Leute klatschten ihr Beifall.

„Ihr seht das Problem zu einseitig“, sagte der Abgeordnete, ohne sich aus der Ruhe bringen zu lassen. „Ihr wollt einfach nicht verstehen, daß es auch noch andere Interessen gibt. So einfach, wie ihr es darstellt, ist es nicht. Es gibt da noch viele andere Probleme. Zum Beispiel: Welche Ingenieure sollen die Minen bauen? Wer soll die Arbeit überwachen?"

„Der Staat", antwortete Furiosa. „Der Staat, das heißt wir. Wir alle. Man holt den Ingenieur und bezahlt ihn mit dem, was man fördert. Man zahlt die, die die Stollen anlegen, mit dem, was man fördert. Und man zahlt auch die Leute, die studieren, so wie du einer bist, mit dem, was man fördert. Alle gemeinsam, und keiner, weder du noch ich, verlangt mehr."

„Richtig. Gerade das wollen wir ja", sagte der Abgeordnete. „Deshalb sind wir gekommen. Ihr werdet ein Spital haben, wie ihr es verlangt habt. Ihr werdet eine Schule haben, elektrisches Licht, richtige Häuser, ein Gemeindehaus, wo ihr euch versammeln könnt, ein Kino, jawohl, auch ein Kino. Ihr werdet auch Geld haben. Mit einem Wort, ihr bekommt alles, was ihr verlangt. Wir nehmen nur das Land für die Mine. Als Ersatz bekommt ihr anderes Land. Der Alkalde kann die Abrechnung der Mine überprüfen. Ihr werdet einen neuen Richter und einen neuen Advokaten bekommen..."

Da erinnerte sich Furiosa an die Worte El locos: Willst du haben oder sein?

„Hör mir zu, mein Herr. Du sprichst von haben. Wir sprechen davon zu sein. Jeder will natürlich etwas haben, das stimmt. Jeder wünscht sich viele Dinge, aber die meisten bekommen gar nichts oder nur wenig. Wir wollen nur sein. Wir wollen unsere eigenen Herren sein. Wir wollen fähig sein zu lieben, das heißt, denen Hilfe zu geben, die sie brauchen. Wir wollen denken können, um jenen zu antworten, die mit Worten töten. Wir wollen singen und lachen können. Wir wollen Menschen sein, die lieben, Menschen, die mit den anderen gehen, nicht um Liebe zu besitzen, sondern um Liebe zu geben. Wir wissen, daß es schwer ist. Gerade in diesen Tagen haben wir es gesehen. Wir wissen auch, daß der, der besitzt, der besitzen will, zu allem fähig ist. Wir wollen sein, denn sein ist wichtiger als befehlen. Sein ist alles. Du sagst: Ihr werdet haben, haben, haben ... und wir sollen wählen. Wählen zwischen sein und haben. Herr, müssen wir dir wirklich antworten?"

Niemand wagte zu atmen.

„Wenn ihr das wollt", sagte der Abgeordnete noch immer lächelnd, aber in seiner Stimme klangen scharfe Messer, klang das Donnerrollen von den Bergen mit, „wenn es das ist, was ihr wollt, dann erinnert euch, daß ich den Staat vertrete, die Macht."

„Siehst du, du wirst sofort zornig, Herr. Und wir wollen doch nur sprechen. Auch das ist *sein.* Wir wollen beurteilen, was wir tun, denn nur so können wir lernen und leben. Du hast Angst davor, nicht mehr zu *haben.* Deshalb mußt du uns zum Schweigen bringen. Deshalb gibt es Gesetze, die sich nie ändern, weil sie für die gemacht sind, die *haben* wollen, nicht für die, die *sein* wollen. Das Gesetz kann man nicht ändern, und so hast du deine Ruhe. Du bewaffnest Menschen, die weder *sein* noch *haben* können, damit sie deine Ruhe verteidigen. Warum sprechen wir nicht über diese Gesetze?"

„Ich vertrete hier den Staat. Und man hat mir die Vollmacht übertragen, das Land, von dem ihr sagt, daß es der Comunidad gehört, zu beschlagnahmen. Und das werde ich tun."

Klingklang. Ein Stein war in die Büchse gefallen.

Der Abgeordnete zuckte zusammen.

„Nur ein Stein", flüsterte „Nurverbeugung".

„Und es muß euch klar sein, daß wir Gewalt anwenden, falls ihr euch auch weiterhin weigert, euch mit uns zu einigen."

Klingklang.

Wieder zuckte der Abgeordnete zusammen.

Aber alle sahen es.

Sie rührten sich nicht, aber innerlich begannen sie zu lachen. Innerlich lachten sie ihn aus.

„Deshalb frage ich euch zum letztenmal ..."

Klingklang.

„... fordere ich ..."

Klingklang.

„... fordere ich die Gemeinde von San Sebastian auf, die Felder im Norden an die Erzbaukompanie zu verkaufen."

Klingklang.

„Aber das ist ja ein Verrückter!" schrie er und sah El loco an.

Daß er aber noch nicht bemerkt hatte, daß El loco eben loco, das heißt verrückt war, ließ die ganze Comunidad in Lachen ausbrechen. Wenn er das nicht verstanden hatte, dann war er selbst ja auch – loco.

Die Stimmen des Abgeordneten, des Oberst und Pater Ramons gingen im Lachen unter.

Es lachten alle.

El loco warf ruhig und zufrieden Steine in die Büchse.

11

Das riesige, glänzende blaue Auto war weggefahren.

Alle atmeten glücklich auf.

Sie waren, trotz der schweren Drohungen des Abgeordneten, heiter. Sie entdeckten, daß ihnen niemand Angst einjagen konnte, solange sie mit und für die anderen lebten. Verbunden nur durch ein einziges Band, das Band der Liebe.

Sie entdeckten, daß es für die Angst gar keinen Platz gab. Denn Gott ist der Vater, und deshalb sind alle, auch das demütigste Wesen, auch Nieves, wertvoll, weil alle Kinder des einen Vaters sind.

Sie entdeckten, daß das Leben ein Geschenk ist, das man genießen muß. Nicht eine Strafe, die es abzubüßen gilt. Und noch wichtiger war, daß das Leben ein Geschenk für alle sein mußte, nicht nur für einige wenige. Und daß man von allen etwas lernen konnte.

Und sie entdeckten auch, daß sie alle ein bißchen verrückt geworden waren. Und das war schön. So konnten sie über sich selbst lachen.

Heiter gingen sie schlafen.

Aber schwarze Schatten kamen nach Tiuna.

Jacopo, der Fleischer, hatte gerade das Licht ausgemacht.

Da hörte er ein Geräusch.

Er dachte, daß es die Katze sei, und lächelte. Ein Messer stach auf ihn ein. Ein-, zwei-, drei-, fünfmal. Dann fühlte er eine große Hitze.

Komisch. Er wußte, daß er starb, und doch dachte er, daß das Messer gut geschliffen war. Er hätte fragen sollen, wer es geschliffen hatte. Dann kroch die Kälte an ihm hoch. Er zuckte und ließ sich fallen.

Ruben zog ihr Nachthemd an. Sie war eine der wenigen Indio-Frauen, die ein Nachthemd besaßen. Ihr Pate hatte es ihr geschenkt. Damals, als sie noch ein junges Mädchen war. An diesem Abend beschloß sie, das Hemd anzuziehen. Sie bewahrte es seit dreißig Jahren auf, streichelte es, glättete es, trug es aber nie. Jetzt zog sie es an. Sie feierte ihren 43. Geburtstag.

Sie erstachen sie von hinten. Eine schwarz behandschuhte Hand erstickte ihren Schrei in der Kehle. Sie röchelte und streckte die Hand aus, damit das Hemd nicht schmutzig wurde. Dann glitt sie zu Boden, und das Hemd bedeckte sie ganz.

Asuncion setzte sich im Bett auf, als die Tür knarrte. Dann schrie sie und sprang aus dem Fenster. Die Maschinengewehrgarbe holte sie auf der Straße ein. Und sie umarmte den Boden.

Aber der Schrei und die Schüsse hatten ganz Tiuna geweckt.

Die Schatten flohen schnell und schweigend, während alle auf die Straße liefen.

Ganz Tiuna rannte schreiend zum Palast der Kompanie.

Er lag ungefähr in drei Kilometer Entfernung, aber das fiel niemandem auf. Im Gegenteil, hätte man gefragt, so hätten sie geantwortet, der Palast liege gleich hier, hinter der nächsten Ecke.

Das riesige Gebäude der Kompanie war im Dunkeln, wie eine Eule.

Kein Licht brannte.

Aber die Comuneros wußten, daß die Mörder in dieser Nacht von hier gekommen waren. In Wirklichkeit war auch die Schlange aus Stacheldraht von hier gekommen. Der Palast mußte zerstört werden. Er war das Haus des Bösen.

Das Feuer breitete sich schnell aus.

Niemand verließ das Haus.

Die Comuneros erwarteten auch niemanden.

Unbeweglich standen sie vor den Flammen, die diesen Blutsauger aus Zement auffraßen.

Stundenlang standen sie unbeweglich.

Dann, als die Flammen keine Nahrung mehr fanden, als von dem Palast nur noch einzelne Zementsäulen übrig waren, die, in dem Versuch, irgend etwas auszufüllen, in den Himmel ragten, dann erst machten sie sich auf den Weg.

Haus für Haus suchten sie die Opfer. Wuschen und kleideten sie. Legten sie in der Kirche nebeneinander. Und die Kirche war taghell erleuchtet, wie für ein Fest.

Ein Weißer.

Eine Alte.

Eine Junge.

Getötet, weil sie leben wollten.

Niemand weinte.

Als es Tag wurde, gingen alle gemeinsam zum Fluß, Männer und Frauen.

Sie sprachen Lustiges und Ernstes über Jacopo, den Fleischer. Sie sprachen über die Geschichten Rubens und ihren ewigen Streit mit Dora. Sie sprachen über Asuncion, die ...

Was konnte man über ein Mädchen sagen, das mit dreizehn Jahren gestorben war?

Daß sie endlich eine freie Frau sein wollte? Daß sie eine Frau sein wollte, die dachte und kämpfte? Daß sie wirklich Frau sein wollte, nicht Ding, Objekt, Instrument?

Sie hätte alles sein können.

„Sie war ein hervorragendes Mitglied der Comunidad", sagte der Alkalde.

Und fügte nichts hinzu.

Denn ein schöneres Lob konnte es nicht geben.

Sie war großzügig gewesen, hatte begonnen, alles zu bekämpfen, was den Geist erstickte.

„Wer sein Leben für mich gibt, wird es wiederfinden", las der Lehrer, während die Särge mit Erde bedeckt wurden.

Das stimmte. Sie alle fühlten, daß es stimmte. Dann stand es auch dafür, sich ganz zu geben, in der Gemeinschaft aufzugehen, um wirklich zu leben.

Die Lastautos hielten neben dem rauchenden Palast der Kompanie. Die Soldaten sprangen heraus und marschierten gegen Tiuna.

Man hatte ihnen genaue Anweisungen gegeben.

Es gab hier Rebellen.

Sie mußten vernichtet werden, damit nicht die Anarchie triumphierte, die Unordnung und das Chaos.

Stumm, die Waffen entsichert, gingen sie vorwärts. Vor Angst gespannt. Wann der erste Schuß fallen würde, wußten sie nicht. Und dieses Warten nahm ihnen den Atem, machte sie mißtrauisch, ließ sie bei jedem ungewohnten Geräusch zusammenzucken.

So erreichten sie die ersten Häuser.

Die Frauen auf den Schwellen begrüßten sie lächelnd.

Das verwirrte sie.

Wo waren denn die Rebellen?

Vielleicht weiter vorne? Es konnte auch eine Falle sein.

„Achtung! Haltet die Augen offen!" murmelten die Sergeanten.

Frauen an den Fenstern und auf den Straßen, Kinder und Männer, die sie grüßten.

Das Dorf sah aus, als würde ein Fest stattfinden.

Ja, aber wo waren denn nur die Rebellen?

Sie kamen auf den Platz.

In einer Ecke, neben der Kirche, saß ein Mann mit einer roten Binde um den Kopf, der sich damit unterhielt, Steine in eine Büchse zu werfen. Neben ihm saß eine Verrückte und lachte bei jedem Wurf. Ein Kind und ein Hund spielten miteinander Fangen. Als sie die ersten Soldaten sahen, blieben sie stehen. Tiuna kam näher, um die Gewehre genau sehen zu können.

„Geh nach Hause", warnte ihn der Sergeant. „Verschwinde,

hier ist es gefährlich."

Tiuna sah ihn an, ohne zu begreifen, drehte sich dann um und rief: „Büchse! Hast du die Soldaten gesehen?"

„Geh nach Hause!" wiederholte der Sergeant.

„Und ihr behaltet diesen Mann im Auge. Das könnte eine Falle sein", fuhr er, zu den Soldaten gewandt, fort.

Er näherte sich El loco langsam, die Maschinenpistole im Anschlag.

„Wo sind die anderen?" fragte er.

„Die anderen? Wo bist du denn?" lächelte El loco.

„Hier. Ich bin hier. Stell dich nicht dumm; wo sind die anderen?"

„Wo möchtest du sie denn finden?"

„Laß das! Antworte: wo sind die anderen?"

„Die anderen sind du. Du bist die anderen. Worum sorgst du dich?"

Der Sergeant war verwirrt. Er wollte gerade antworten, als Nieves aufstand, zu ihm trat und ihn küßte. Der Mann sprang zurück, und die Soldaten begannen zu lachen.

Das Mädchen lachte auch und versuchte, den Sergeanten wieder zu packen. Der wollte sich aber nicht fassen lassen. Und so begannen sie Fangen zu spielen. Der Sergeant, der der Umarmung der Speichlerin entgehen wollte, und Nieves, die versuchte, ihn zu umarmen.

Die Soldaten lachten.

„Nieves!" rief El loco, „Nieves, setz dich zu mir. Der Sergeant hat keine Zeit zu spielen."

Der Sergeant hatte vor Ärger einen roten Kopf bekommen und brummte vor sich hin: „Dieses Dorf ist voll von Verrückten, nicht von Rebellen. Gehen wir!" befahl er dann.

Und sie marschierten weiter.

Die Leute grüßten sie und lächelten.

Und sie kamen zur Nordzone, die sie um jeden Preis erobern sollten. Das war ihre erste Aufgabe. Die zweite Aufgabe, nämlich die Rebellen zu vernichten, war undurchführbar: es gab keine Rebellen.

In den Feldern der Nordzone arbeiteten Frauen und Männer und sangen dabei.

Die Soldaten blieben erstaunt stehen. Bauern, die bei der Arbeit sangen, hatten sie noch nie gesehen.

„Ich habe es ja gesagt! Das ist ein Dorf von Verrückten", murmelte der Sergeant.

Der Alkalde kam zu ihnen. Er trug einen rohen, unbearbeiteten Stock. Einen Ast, den er irgendwo abgerissen hatte. Aber man sah, daß es eine Vara war. Denn der Stock hatte ein Ornament, allerdings ein einziges, ganz neues, das erst kürzlich gemacht worden war. Er trug auch nicht den üblichen Hut der Alkalden. Nur eine einfache Inkamütze. Komisch: alle trugen sie nur die Inkamützen, auch die Frauen. So etwas hatten sie noch nie gesehen.

„Willkommen", sagte der Alkalde und blies in den Pututo.

Die auf den Feldern arbeiteten, kamen heran. Die in der Stadt waren, machten sich auf den Weg.

Der Alkalde blies noch zweimal in den Pututo und wiederholte dann: „Willkommen, Soldaten. Die Comunidad ist glücklich, euch begrüßen zu können."

Ein Hauptmann ging auf ihn zu.

„Wir sind hier, um das Land der Kompanie zurückzufordern."

„Dieses Land gehört der Comunidad", antwortete der Alkalde lächelnd. „Wir haben Dokumente. Hier sind sie."

Der Hauptmann las sie genau durch und sagte dann:

„Ich habe meine Befehle: die Rebellen verhaften und das Land der Kompanie zurückgeben."

„Dieses Land, Herr Hauptmann, gehört den Comuneros. Und was die Rebellen betrifft, so haben wir keine gesehen."

„Gut", sagte der Hauptmann und wandte sich dann an die Leutnants: „Lassen Sie die Felder besetzen."

Die Sergeanten pfiffen, die Einheiten formierten sich, und die Soldaten setzten sich in Bewegung.

Die Comuneros hatten sich inzwischen am Rand der umstrittenen Felder aufgestellt.

„Geht weg", befahl der Hauptmann, „oder ich lasse mit Gewalt räumen."

Da ertönte wieder der tiefe Klang des Pututo.

„An die Arbeit! Alle wieder an die Arbeit!" und der Alkalde selbst kehrte als erster aufs Feld zurück und begann zu graben.

Singend, in Gruppen, verteilten sie sich über die Felder.

„Geht weg", brüllte der Hauptmann, „geht weg, oder ich lasse mit Gewalt räumen."

Alle sangen, ohne Angst, heiter.

„Verlaßt die Felder", schrie ein Leutnant in den Lautsprecher. „Geht weg!"

Da gab der Hauptmann ein Zeichen.

Der Leutnant rief eine Abteilung.

„Fertig? Feuer!"

Sie sangen weiter.

„Fertig? Feuer!"

Sie sangen weiter.

„Zielt auf sie!" schrie der Hauptmann. „Zielt auf sie!"

Da senkten die Soldaten die Gewehre.

„Wir können nicht auf sie schießen", sagten sie, „wir können nicht auf sie schießen. Sie kämpfen ja nicht, sehen Sie?"

Die Soldaten waren weggegangen. Sie waren zum Palast der Kompanie zurückgekehrt.

Und die Comuneros waren in ihre Häuser zurückgekehrt.

Auf dem Platz blieben nur die jungen Leute. Überschäumend, fröhlich, feierlich.

Heute war etwas Neues, etwas außerordentlich Wichtiges geschehen. Sie hatten bewiesen, daß man kämpfen konnte, ohne zu schießen.

El loco spielte eine süße, heitere Melodie auf der Anthara ...

Der Klang der Flöte verlor sich über der Stadt und drang bis zum Palast der Kompanie.

„Das können wir nicht zulassen", sagte der Abgeordnete. „Es ist eine Herausforderung an den Staat. Heute ist es nur San Sebastian. Aber schon morgen kann es Andusia sein oder irgendein anderes Nest, wo es Leute gibt, die noch an die Comunidades glauben. Man muß sie zerstören. Jetzt sofort. Sie haben sich gegen den Staat aufgelehnt."

„Sie haben keinen Widerstand geleistet", warf der Hauptmann ein.

„Herr Hauptmann, glauben Sie, daß man nur mit Waffen rebellieren kann? Das hier sind die gefährlichsten Aufstände. Sie zerstören die Macht. Ein Flötenton da, ein Lachen hier ... das sind schlimmere Waffen als jedes Gewehr. Haben Sie Ihre Leute gesehen? Haben sie geschossen? Nein, mein Herr. Die Soldaten schießen nicht, weil die Rebellen singen und keine Waffen haben. So sehen die wirklichen Aufstände aus. Los, Herr Oberst! Geben sie den Befehl!"

Und die Mörser begannen, Geschosse zu speien.

Tiuna füllte sich mit Licht, mit Lärm und mit Schreien.

Die Häuser leuchteten auf, standen in Flammen, stürzten zusammen.

Der Alkalde blies in den Pututo.

„Furiosa", rief El loco, „Furiosa, geh weg. Nimm Tiuna und Nieves mit. Führe die jungen Leute weg. Lauft. Die Hölle ist nahe. Die Köpfe schlagen gegen die Kanister. Geh, Furiosa, geh."

„Ich bleibe! Ich will bei dir sein, mit dir kämpfen!"

„Rette Tiuna. Wenn du dich nicht beeilst, wird niemand Tiuna retten."

„Aber du ..."

„Geh, ruf deine Freunde. Schnell, schnell, beeile dich!"

Und sie gingen und verschwanden.

Das Geschoß sprang auf den Stufen der Kirche auf und explodierte zweimal.

Als sich der Rauch gelegt hatte, sah El loco etwas, was früher ein Mann gewesen war. Und einen Rock.

Seine Hand begann auf dem Boden zu kratzen.

Seine Finger gruben sich in die Erde.

Die Haut riß, platzte, blutete.

Die Mörser brüllten nicht mehr.

Jetzt sangen die Maschinengewehre. Mit höhnischer Stimme. Als ob sie lachten. Das Lachen der Macht.

Die Hand El locos drang immer tiefer in den Boden.

Die Soldaten liefen schießend vorbei.

Auf wen schossen sie? Für wen?

Die Hand ist schwarz. Rote Streifen heben sich lebendig vom Schwarz der Erde ab.

Die Soldaten schreien, gehen vor, schießen wieder.

Schreie und Schüsse entfernen sich.

Rauch, der Widerschein der Flammen, Schatten treten aus den heil gebliebenen Häusern.

Dann kehrten die Soldaten zurück. Schreiend und schießend.

Aber auf wen schossen sie? Und für wen?

Die Hand verschwindet ganz in dem Loch, das sie gegraben hat. Sie hört nicht auf. Sie gräbt und gräbt und gräbt, und Blutspuren bleiben zurück.

Der Tag beleuchtete ein anderes Tiuna. Ein Tiuna, das fast nicht mehr existierte. Nur die Kirche, das Haus des Richters, die Schule und das Amtshaus waren heil geblieben. Die anderen Häuser waren entweder völlig zerstört oder hatten Verletzungen, so als ob auch sie lebendig gewesen wären und man auch sie hätte töten wollen.

Alle, die noch gehen konnten, kamen auf den Platz.

Die anderen jammerten oder starben. Man konnte nichts tun. Rebellen konnte niemand helfen.

Man würde sie so lassen.

Als Beispiel.
Als Warnung.
Die Kompanie hatte ihr Land bekommen.
Die Comuneros in den anderen Dörfern würden es erfahren. Der Staat ist der Staat.
Der Lehrer fehlte.
Rafael, der Abuelo, fehlte und auch Ivan.
Viele fehlten.
Dann kam Doña Ida. Sie war voller Erde, Kalk und Blut. Sie ging von Straße zu Straße und von Haus zu Haus. Wo sie jemanden jammern hörte, versuchte sie zu helfen. Gab hier einen Schluck Wasser, murmelte dort ein Gebet oder schloß ihnen die Augen.
Sie sah El loco.
„Bist du verletzt?"
Yajen antwortete nicht.
Sein Blick war starr, abwesend, fern.
Nur die Hand bewegte sich ganz automatisch. Und grub und grub. Und das schabende Geräusch wurde stärker. Drang betäubend in die Köpfe der Leute, die sich auf dem Platz versammelt hatten.
Zuerst waren es sieben, dann neun, dann einundzwanzig, dann vierzig und dann ...
Und die anderen?
Der Alkalde hob die Augenbrauen.
„Die anderen?"
„Einige leben noch", antwortete Doña Ida, „aber wir brauchen einen Arzt."
„Und die anderen?" wiederholte der Alkalde.
„Die Jungen sind draußen", sagte Doña Ida. „Man muß ihnen Decken und Lebensmittel bringen. Die anderen ... die anderen sind in uns."
„Ja", murmelte der Alkalde und sah sich um.
Drei Tage.
Drei Tage, in denen niemand kam.

Nur die schwarzen Männer der Kompanie legten schnell eine neue Schlange aus Stacheldraht. Aber sie umgingen Tiuna, kamen nicht in die Stadt.

Der Alkalde und die übrigen blieben auf dem Platz.

Sie hockten auf den abbröckelnden Stufen der Kirche, neben dem Loch, das der Mörser gerissen hatte, und kauten Coca.

Und El loco grub weiter.

Wie eine Maschine.

Wenn sie noch die Kraft dazu gehabt hätten, hätten sie ihn gebeten aufzuhören. Aber sie gewöhnten sich sogar an dieses Geräusch.

Dann hörten sie, weit weg, einen Motor brummen.

Langsam kam ein Auto herauf, bemüht, den Löchern auszuweichen, die die Geschosse gerissen hatten. Als sie es sehen konnten, stand der Alkalde auf.

Aber keiner dachte daran wegzugehen.

Die Soldaten konnten wiederkommen. Das wußten sie.

Sie würden sogar ganz sicher wiederkommen.

Aber was hatten sie noch zu verlieren? Vielleicht war es besser, dem Ganzen ein Ende zu machen? Ein Schlag, man schläft für immer ein, und gute Nacht!

Das Auto kam näher.

Sie sahen es jetzt alle, aber es war so, als würden sie es nicht sehen, weil sie es gar nicht sehen wollten. Und doch wollten sie wissen, was es brachte.

Plötzlich bemerkten sie etwas, was noch wichtiger war als das Auto. Etwas fehlte ihnen plötzlich ... ein Geräusch. Seit Tagen hatten sie es immer gehört. Tag und Nacht. Ein Geräusch, das ihnen angst gemacht hatte, das sie quälte, sie zornig machte ...

Sie sahen sich um.

Starrten El loco an.

Starrten die Hand von El loco an.

Yajen grub nicht mehr.

Die Hand blieb einen Moment lang ruhig, dann entspannten und streckten sich die Finger. Die Hand tastete auf dem Boden nach einem Stein. Sie fand einen kleinen Stein, wog ihn, ließ ihn zwischen den Fingern hüpfen, als ob sie ihn streicheln wollte. Dann schlossen sich die Finger ganz um ihn. Mittelfinger, Zeigefinger und Daumen ergriffen den Stein, und die Hand hob sich bis in Gesichtshöhe. Langsam schwang der ganze Arm zurück. Der Rest des Körpers blieb unbeweglich.

Mit einem Satz war der Alkalde bei einer Büchse, die von einer Kugel durchlöchert worden war. Er stellte sie vor El loco auf.

Klingklang.

El loco lächelte.

Komisch: alle mußten jetzt lächeln.

Und der junge Mann, der aus dem Auto stieg, hatte das Gefühl, als ob dieses Lächeln, das ihn empfing, Sicherheit gab.

„Guten Tag!“ grüßte er und lächelte seinerseits.

Sie antworteten ihm mit einer Verbeugung.

Und El loco mit einem offenen Lachen.

„Guten Tag!“ wiederholte der junge Mann. „Kann ich ein bißchen hierbleiben?“

„Du wirst lange bleiben, Freund“, sang El loco, „lange!“

„Ich habe gehört, was geschehen ist. Ich habe von den Soldaten gehört und …“ – der junge Mann war verlegen. Niemand half ihm weiter. „Und … ich bin gekommen, um zu helfen. Wenn ihr es wollt. Ich bin Arzt. Noch jung, ich bin gerade erst Arzt geworden … und dann … ich wollte die Wahrheit wissen …“

„Das ist die Wahrheit“, sagte El loco, und ein Stein klang in der Büchse.

„Die Zerstörung?“ fragte der junge Mann und zeigte auf die eingestürzten Häuser.

„Wie sind die Mauern?“ fragte El loco. „Sag mir, wie die Mauern sind.“

Der junge Mann konnte nicht sprechen. Wer war das, der mit der roten Binde um den Kopf, der lauter Dinge sagte, die er nicht richtig verstand?

„Ich weiß nicht. Kaputt, soweit ich sehe ..."

„Sind die Farben lebendig oder tot?"

Der wurde ja immer verrückter!

„Die Farben sind lebendig. Zumindest glaube ich das", antwortete er.

„Und wie sind die Mauern?"

Da begriff er. Er sah sich um und lächelte.

„Farbig. Ich habe verstanden, Freund. Bunte Mauern machen tote Dinge wieder lebendig."

„Eben. Das ist die Wahrheit. Sie können uns nicht töten. Das gelingt ihnen nicht. Denn, siehst du, Farbe ist lebendig, und wir sind die Farbe."

„Ich verstehe nicht", murmelte der junge Mann.

„Du verstehst schon! Du verstehst! Du verstehst gut! Willst du werfen?" und El loco bot ihm einen Stein zum Werfen an.

Der junge Mann wußte nicht, ob er annehmen oder ablehnen sollte. Mit einem Blick bat er den Alkalden und die anderen um Hilfe. Der Mann, der Steinchen in eine Büchse warf, war ihm nicht ganz geheuer, obwohl er sich von ihm auch angezogen fühlte.

„Ich bin Ausländer", sagte er, „Ausländer. ... ich komme von weit, sehr weit her. Ich verstehe nicht."

„Man muß nicht alles verstehen", lachte El loco und warf einen neuen Stein. „Wichtig ist, daß man das Entscheidende versteht. Und das tust du. Denn du bist hier."

„Aber ...", er sah die anderen an.

„Machen Sie sich nichts draus, mein Herr", sagte der Alkalde. Er ist Loco. Aber gut und freundlich."

„Loco?" Der Ausländer hatte dieses Wort noch nie gehört. „Loco? Was heißt das?"

Der Alkalde tippte mit einem Finger gegen seine Stirn.

„Ich verstehe. Er ist *verdreht, verrückt,* Señor“, antwortete der junge Mann. „Er ist intiendo, intiendo …“

Die letzten Worte sagte er in einer Sprache, die sie noch nie gehört hatten. Aber sie verstanden ihn.

„Ja, loco.“

„Oh, gut.“

„Gut Freund, wirklich gut?“ sagte El loco. „Ich habe dich gesehen. Ich weiß: Tiuna wird leben. Wir werden leben, Freund. Wir werden endlich leben.“

Und er begann, wieder Steine in die Büchse zu werfen.

Die Leute lächelten. Nach so langer Zeit waren sie endlich wieder heiter. Und sie standen auf.

Es gab so viel zu tun. Und das war der richtige Augenblick.

„Gehen wir!“ sagte der Alkalde zu den Leuten.

Und sie machten sich auf den Weg.

Auch der Ausländer.

Nur der Verrückte blieb vor der halbverfallenen Mauer sitzen und warf weiter Steinchen in die Büchse.

Aber er sang.

Sang innerlich. Er sang im Herzen.

Abuelita	Großmutter
Abuelo	Großvater
Alkalde	Bürgermeister
Alferez	Der Organisator eines Festes. Er ist für die gesamte Abwicklung eines Festes der Comunidad verantwortlich.
Anthara	Eine Flöte, die vor allem in den Anden Perus gebräuchlich ist.
Apacheta	Ein Hügel aus Steinchen, der als religiöses Symbol aufgestellt wird.
Ayulla	Gemeinschaft, Einheit, Versammlung (ein Ausdruck aus dem Ketschua, der Sprache der Indios in Peru).
Brujo	Hexer, Zauberer
Camotes	Süße Kartoffel
Canazo	Alkoholisches Getränk, ähnlich dem Schnaps
Castro, Fidel	Ministerpräsident von Kuba, hatte mit einer Rebellenarmee den Diktator Batista abgesetzt.
Chicha	Alkoholisches Getränk aus dem gegorenen Saft der Maniocafrucht
China Supay	Weibliche Gottheit, Verkörperung der weiblichen Sexualität
Chullachaqui	Böser Geist aus der Mythologie der Inkas
Churango	Fünfsaitige Mandoline, die aus der Schale eines Armadillo, eines Gürteltiers, gemacht wird.
Coca	Ein Strauch, dessen Blätter ein Alkaluid enthalten, das schmerzbetäubend und leistungssteigernd wirkt, aber zu körperlichem und geistigem Verfall führt.
Comunero	Indio, der einer Comunidad (Gemeinschaft) angehört.
Comunidad	Gemeinschaft

Cuatro Condenados	Die vier Verurteilten, mythologische Figuren aus dem Volksaberglauben
Cuyes	Meerschweinchen
Diablata	Tanz der Teufel
El nino	Bub, Kind
Garrotte	Foltermethode, bei der ein Seil um den Kopf des Verurteilten zusammengezogen wird.
Guevara, Che	Argentinischer Arzt und Revolutionär, 1967 ermordet
Hazienda	Großes Landgut
Ketschua	Sprache der Indios
Matecito	Ausgehöhlter Kürbis
Mañana	Morgen
Pachamama	Göttin der Erde in der Mythologie der Inkas
Pachamanca	Charakteristische Speise, die bei Festen der Comunidad zubereitet wird.
Peones	Landarbeiter, die für einen Herrn arbeiten, der sie als sein Eigentum betrachtet.
Pututo	Eine Muschel, die nur der Alkalde bläst, um die Comuneros zusammenzurufen.
Quinna	Asche einer Pflanze
Sajino	Wildschwein
Tiuna	bedeutet in Ketschua: Licht der Morgenröte
Vara	Stock, der den „Befehl" symbolisiert, Symbol der Ehre und der Macht des Alkalden
Yajen	Pflanze mit aufputschender Wirkung

Renate Welsh

... und schicke ihn hinaus in die Wüste

In einer Stadt soll ein Heim für Drogenabhängige errichtet werden. Ein kleiner Teil der Bevölkerung ist dafür, der Großteil dagegen. Warum? Ist es die Angst vor Randgruppen, vor Kranken, vor Aussteigern, die Bürger und öffentliche Meinung zu aggressiver Abwehrhaltung treibt? Sieht man die eigene »heile« Welt in Gefahr und glaubt, sie mit allen Mitteln verteidigen zu müssen? Eine Gruppe von Menschen engagiert sich für den Bau des Heimes, glaubt mit Argumenten und Information die Gegner überzeugen zu können. Eine Volksabstimmung bringt die Entscheidung: Das Heim wird nicht gebaut.
Das Buch ist aber mehr als ein Bericht und mehr als ein Portrait einer Kleinstadt und ihrer Bürger. Es ist ein Roman, in dem handelnde und abhängige Menschen im Mittelpunkt stehen, Menschen, die jeder für sich betroffen sind von einem Problem, das uns heute alle angeht, und die diese Betroffenheit dem Leser vermitteln und ihn zu eigener Stellungnahme zwingen.

JUGEND UND VOLK WIEN MÜNCHEN

1075/7c

1075/7a